黎隆武 著

二十一世纪出版社集团
21st Century Publishing Group

千古悲摧帝王侯

海昏侯刘贺的前世今生

2015年底的南昌，位于鄱阳湖西岸的南昌市新建区大塘坪乡观西村一个被当地村民称为“墎墩山”的小山包上，一座汉代古墓的考古发掘吸引了世界的目光……

墎墩山全景

海昏侯当年居住地紫禁城遗址

作者（左）在紫禁城遗址考察

海昏侯墓区的夫人墓

墓区的祠堂原址，地基清晰可见

海昏侯墓内景

海昏侯墓区的车马坑

考古人员在车马坑中清理马车车轮

青铜缶 东周时酒器，盖子可以打开，这件器物以“失蜡法”制成，代表了中国当时青铜工艺的最高水平。当是墓主生前珍藏。

青铜提梁卣 凤鸟纹提梁卣是商末周初青铜器的典型器物。这件罕见的卣器，凤鸟纹饰极其生动，扉棱突出，铸造手法高超纯熟，是此类器物中难以见到的精品，堪称那个时代青铜器的杰作。当是墓主生前珍藏。

五谷杂粮　大墓出土了许多黍米、瓜子，还有虫草。虫草是青藏地区的物品，荸荠是印度传来的。说明此地在汉代跟西部地区乃至印度就有了比较密切的联系。

蒸馏器 是海昏侯墓出土的最大器皿。是迄今为止我国发现的最早的蒸馏器，主要用于酿酒。

青铜鼎 西汉时期，青铜器逐渐生活化，作为礼器的作用逐渐在消失。这座青铜鼎造型独特，鼎盖塑以鸟首，优美端庄，使用时也便于把持。

铜火锅 我国迄今发现的最早的火锅实物。圆形锅，便于盛煮食物，中间凹槽，估计是放置木炭，下面三足。造型奇特，美观实用。

雁鱼灯 非常奇特罕见的灯具。以大雁叼着一条鱼为造型，与水乡鄱阳湖的自然生态极其吻合，足见设计铸造者对生活的细致体察和热爱。不仅美观，还科学实用，燃烧的烟能够通过鱼腹和烟道进入大雁的肚子里，经过肚子里面水的净化，达到保持室内环境清洁的目的。

连枝灯　分杈的树枝上安放五个灯盘，想象力十分丰富。

博山炉 层叠山间，云雾缭绕，如蓬莱仙境。整个汉代，王侯贵族都喜欢使用博山炉焚香。

青铜奁 盛放化妆品的器物。

错金银车马器 出土的3000多件车马器里有80多件当卢，是挂在马脸上作为身份的证明。这套青龙白虎朱雀玄武的当卢采用复杂的错金银技术，构图清晰流畅。还有错金的鱼、虎、太阳神和月亮、玉兔，还有蟾蜍、展翅飞翔的朱雀，这种错金银技术在其他墓葬是前所未见的。白虎的眼睛、牙齿，刻画生动。

滴漏 最早的计时器。里面存水，上面有一个竖标杆,标杆上有刻度,水往下降的时候,刻度也往下走,以此显示时间。可见墓主生前对时间的珍惜。

青铜镜 此镜原镶有宝石，宝石已脱落，这种镶宝石的镜子非常少见。

蝶形玉佩 墓中的玉器有500多件，最大的玉璧达到30厘米。

漆器 大墓出土了3000件。汉代一件漆器相当于十件铜器的价值。这件漆器上的龙纹造型独特，精美异常。

全套编钟 在墓葬最核心部位北回廊出土。共出土了三组编钟，其中钮钟14件，大的甬钟10件，还有一组铁编磬，有十多件。无论是数量还是质量，在中国汉代出土文物中都是保存最完好的。14件钮钟定音律，控制不走调。甬钟，王侯规范是5件，即宫商角徵羽五音，但是这个墓葬出土了10件甬钟，显然是在五音基础上，低音部和高音部都有延伸补充。可见墓主对音乐的鉴赏力有多强。

镎于 我国首次实物发现。器身贴有银边，银边已经脱落。《周礼》载，“以金錞和鼓，作乐而振之，与鼓相和”。可见，錞于和鼓是配套使用的。

木俑 出土了200多件，形象栩栩如生。

孔子像屏风 屏风背面衬有厚铜板，正面有孔子像，这是迄今为止中国历史上发现的最早的孔子像，旁边还有他的几个弟子颜回、子贡、子路等像。孔子名字清晰可见。这是件国宝级文物。

围棋盘 这是15格的围棋盘，围棋盘19格到顶，在汉代围棋比较流行。

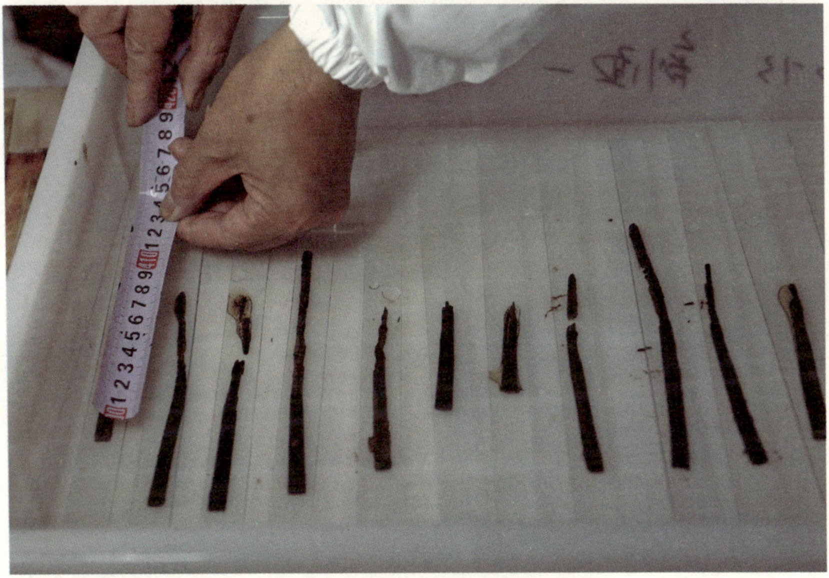

竹简 出土有上万枚，据说有《诗经》、《周易》、医书等。

两百万枚铜钱 都是无年号、没有使用的钱。据估算，这里埋藏的钱币相当于汉代中期全国一年铸币的1%。

马蹄金 据记载，公元前95年，汉武帝狩猎意外获得一头纯白麒麟，同时在敦煌发现天马，他认为非常吉祥，所以铸造马蹄金、麟趾金来纪念它，同时改年号叫元狩元年。还有一说是武帝攻下大宛城，收获了一批汗血宝马。为此他制作马蹄金，赏赐给诸侯王。

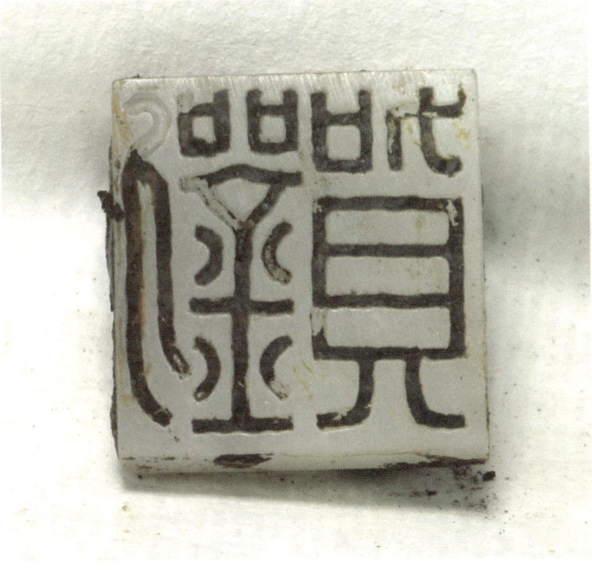

“刘贺”私印 是墓主汉废帝、第二代昌邑王、第一代海昏侯刘贺身份的直接证据。

汉武帝家族关系图表

1（陈后）

陈后　前 141 年

前 130 年被废

2（卫后）

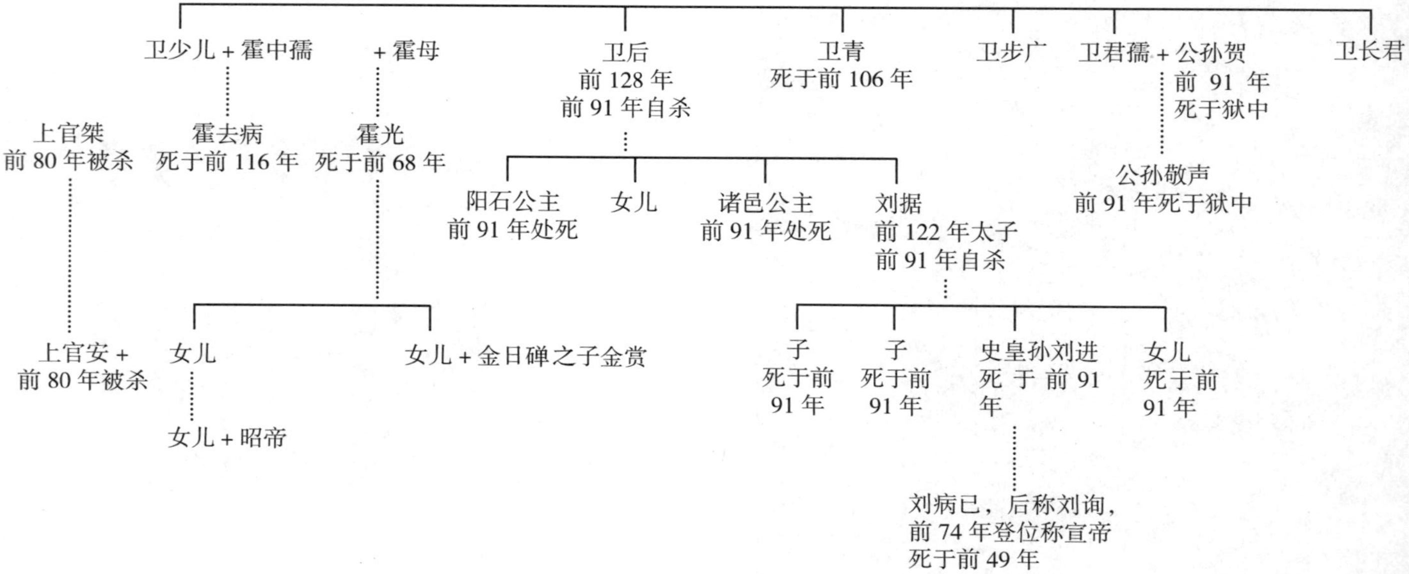

3（李夫人）

- 李季
  前 90 年处死
- 李延年
  前 90 年处死
- 李夫人
  死于前 104 年以前
  - 刘髆
    公元前 97 年昌邑王
    死于前 88 年
    - 刘贺
      继昭帝登基 27 天，被废
      前 63 年封海昏侯
      死于前 59 年
- 李广利
  前 90 年降匈奴
  - 女儿 + 刘屈氂的儿子
    前 90 年处死

4
钩弋夫人
死于前 87 年以前
- 刘弗陵 + 上官安之女
  生于前 94 年，前 86 年登位称
  昭帝，死于前 74 年

5
王夫人
- 刘闳
  前 117 年齐王
  前 110 年死时无嗣

6
李姬
- 刘旦
  前 117 年燕王
  前 80 年自杀
- 刘胥
  前 117 年广陵王
  前 54 年自杀

序

朱虹

刚刚落下帷幕的2015年，对于江西文化发展来说注定是将载入史册的一年。随着此前近五年的抢救性考古发掘的深入，在南昌新建区大塘坪乡观西村原本僻静的墎墩山下，沉睡2000多年的南昌西汉海昏侯墓的神秘面纱被逐步揭开。这个惊天大发现，足以让世人震惊。据权威考古专家评定，南昌汉代海昏侯国遗址是我国迄今为止发现的文物保存最好、墓主及主墓内部结构最完整、墓园区及城池区布局最清晰、出土文物品类数量最丰富的大遗址。这对于研究我国汉代政治、经济、文化和人们生活诸方面具有十分重要的学术、历史和艺术价值。2016年1月，在由中国社科院主办的中国考古界重要年度评选中，南昌西汉海昏侯墓在2015年度“中国六大考古新发现”中榜上有名，堪称摘下中国考古界的“奥斯卡奖”；在第四届中国工艺美术收藏年会上，海昏侯墓出土万余件珍贵文物入选“2015年中国工艺美术十大事件”。

毓秀钟灵，天佑江西。大美无言的寥廓山川，总是无私地向人们呈现它精彩绝伦的丰厚宝藏，展示出它载育万物的历史秘密。我多次到过海昏侯墓葬遗址现场，作为一名对考古发现充满好奇的人，深为遗址的完整性、墓园的唯一性与文物的丰富性而惊讶，为古代先人的文明遗留而叹服；而作为一名负责海昏侯国考古遗址保护研究的管理工作者，面对先人这份珍贵的历史文化遗产，我们要以上能对得起列祖列宗，下能造福于子孙万代的历史担当肩负重责。

自2010年到江西工作以来，足之所至，情之所生，我对江西这方水土优美的自然风光和深厚的人文底蕴有着更加深切的体会，内心时常由衷地生出一份自豪与热爱。海昏侯墓葬的惊天问世，无疑是全国乃至世界性的一个重要的历史文化事件。我们这一代人有幸欣逢，更有责任认真对待这份历史文化遗产。如何做好这项具有重大历史意义的文物保护与开发利用工程，真正做到“文化遗产人人保护，保护成果人人共享”，值得深入思考、通盘规划、稳妥推进、系统安排。江西省委、省政府已经将南昌汉代海昏侯国遗址的保护利用作为重大文化旅游项目，将其列入“十三五”工作规划之中，成立了海昏侯国遗址管理局和海昏侯博物馆、研究院，并将与省内外一流的高等院校、科研院所和博物馆合作，高薪聘请全国专家学者，共同提高保护和研究水平，并将积极申报世界文化遗产、国家5A景区。目前，海昏侯墓的考古发掘、保护、研究等各项工作正在有条不紊地进行；而遗址的建设、保护、利用和管理等工作仍然任重道远。这需要政府、社会、民间等各方力量集思广益、齐心协力，只有这样，才能将这份历史文化遗产的价值与意义真正展现、开发出来。

今年“两会”期间，我们在北京首都博物馆举办了南昌汉代海昏侯国考古成果展，引起了巨大反响。不仅是北京人，外省市许多人也乘飞机、坐高铁来参观，不仅是普通群众，还有许多人大代表、政协委员、领导同志都慕名而来，每天预发5000张门票都难以满足要求。而本书出版仅一个月就销售突破10万册，最高的一天卖了11300本，成为全国传记类畅销书排行实体店销售第一名。很多单位纷纷要求购买影视、动漫、手游改编权，多家海外出版单位已购买海外版权。

文物，非纯粹之物，以其寄托文化之故。考古大发现，说到底是对历史人文的重现。沉寂千载的文物遗址，其真正价值在于文物背后曾经生活过、哭过笑过的人。海昏侯墓的重大特色之一，就在于墓主的特殊性。海昏侯墓之所以引发全社会关注，不仅在于墓地出土了大量精美文物，更因为它背后有着丰富而广阔的历史文化背景。根据当前墓葬、墓园和出土文物的特点，结合文献记载，特别是刘贺私印，我们可以确证：海昏侯墓葬的主人就是汉代海昏侯国第一代海昏侯刘贺。刘贺这位王室后裔身份复杂，虽然只活了 34 岁，是汉朝历史上在位时间最短的皇帝，但是他集王、帝、侯和平民四种角色于一身，在历史的舞台上演绎了一场从轻狂放任的青葱少年到攀上至尊帝位、从辉煌的巅峰走向愤慨早逝的传奇人生悲剧。这种特殊经历在中国历史上唯此一人。他的为人、政治作为，以及其废立原因等等，史学界多有争议，民间更是传说纷纭。总之，在这位南昌汉代海昏侯墓墓葬主人的身上，笼罩着一层神秘和传奇的色彩。为了揭开海昏侯之迷，使海昏侯墓世界文化遗址考古公园保持长久的、持续的生命力和影响力，打造江西文化旅游发展的新名片，并使之成为南昌建设国际大都市的引爆点，我们迫切需要史学界、文学界、文化界各路人才，从自己的专业角度出发，贡献力量，对刘贺、对海昏侯墓积极开展研究与宣传，不断推出新的研究成果，深化认识海昏侯所蕴含的丰富多元价值，破解历史迷雾，讲好海昏侯故事。

出版当为时而作。我很欣喜地看到，在中国出版界享有盛誉的二十一世纪出版社集团，勤于思，敏于行，很快组织编辑出版了这部带有历史纪实色彩的文学作品——《千古悲摧帝王侯——海昏侯刘贺的前世今生》。这部作品坚持大事不虚、小事不拘的原则，以翔实的史料为依据，结合墓葬考古发掘的大量文物，从扑朔迷离的正史和奇闻轶事的野述中，条分缕析，穿越历史风烟，以独到的宏观视野、真实的历史细节和生动流畅的描述，将汉废帝刘贺传奇的前世今生娓娓道来，呈现了一个不为人知的全新的有血有肉的刘贺。作者以史为镜，与古人对话，夹叙夹议，采用史实证据和人物对比手法，从王位争夺、权力角逐、从政智慧、成败得失的前因后果中，探幽发微，阐发自己对家国的深刻思考，对民族的赤诚热爱，对历史人物的明彻剖析。这对于帮助广大读者了解刘贺以及海昏侯墓遗址，都有着莫大的帮助。特别值得提出的是，在慢慢撩开了历史的面纱之后，作品最后部分还别开生面，以假设历史可以重来、刘贺可以再生的方式，与历史展开了深度对话，提出有权不可任性、年轻不可任性、有颜值不可任性、有功劳不可任性、有靠山不可任性、有冤屈不可任性六个维度的全方位思考。这种思考，既是源自历史深处的深刻启示，更是对当下为政为人的理性警醒。本书的修订版根据新出土的文物和新发现的资料专门补写“十年隐忍——庶民刘贺”一章，描写了刘贺帝位被废后的庶民生活，并对其他各章节进行修改，使人物更丰满，更具特色，故事更加吸引人。刘贺所生活的风云际会的汉代，早已成为遥远的历史；而历史大背景下其人物传奇命运所折射出的为政之道、人生哲理等丰富内涵，却历久弥新，值得后人一再品味。墓室结构和文物安放位置告诉我们，汉朝的墓葬制度是事死如事生。而史家常说，一切历史都是当代史。站在海昏侯遗址前，遥想刘贺的前世今生，作者作出这样别这样别出心裁的解读与思考，足以说明，这不仅是一本有助读兴、促进旅游文化发展的寻常图书，也是一部称得上严肃认真、发人深思的史家著作了。我期待这本书既能在广大读者中叫座，又能在文化界叫好。同时，随着海昏侯墓考古发现的深入，随之而来的出版资源将源源不断地呈现出来。传承优秀文化遗产，打造新的历史文化名片，包括二十一世纪出版社集团在内的江西出版人责无旁贷。借本书问世的机会，我们期待有更多更好的海昏侯主题图书涌现出来，推动江西的历史文化遗产保护与开发工作，更上层楼。

是为序。

目 录

序　篇

大墓开启——惊艳世界的刘贺

墎墩山全景

大墓主坑

2015年底的南昌，位于鄱阳湖西岸的南昌市新建区大塘坪乡观西村一个被当地村民称为“墎墩山”的小山包上，一座汉墓的考古发掘惊艳了世界。

历经五年之久的考古发掘，考古专家们探明，这个被当地村民作为祖坟山使用的墎墩山，是规模宏大的汉代诸侯国海昏国的墓园区的一部分。整个墓园占地面积约4.6万平方米，四周有墓园墙，有东门和北门，门外还有阙。墓的东门直通海昏侯国的都城——紫金城。墓园内错落有致分布着大小九座墓葬和一座车马坑。墓园地面建筑各种要素齐全，祠堂、寝宫、便殿[1]、厢房、墓园墙以及道路和排水系统等基址均清晰可辨，和墓主活着时候的设置一样。

大墓主椁室内部是按照墓主人活着时一样的居室化布局。墓室内高2.4米，分为左右两侧，右侧为墓主人起居室，在东面，放置主人棺柩，棺侧有架子，顶上还有帏帐，前面有起居用具。这是墓室最核心部分。起居室“事死如事生”，摆放有连枝灯、博山炉、托盘、耳杯，完整地体现

① 便殿：正殿以外的别殿，古时帝王休息消闲之处。

大墓车马坑

考古人员在清理车马坑里的马车车轮

了墓主人生前的享用物品。墓室的左边为堂，在西面，是墓主人办公和宴请宾客的地方。在堂里发现了屏风、几案、宴饮器具等物品。墓主人生前使用的物品都安放在主椁室和四周的藏阁中。

墓室周边的回廊划分为武库、钱库、粮库、乐库，埋藏有文史档案、编钟、武器、酒具等娱乐用具和日常用具。靠近墓道口的地方是车库，两边都是车，中间还有鸣锣开道的导行车。考古人员从藏阁中清理出土了数十件包括伎乐俑、随侍俑、车马俑、仪仗俑在内的各类木俑。木俑制作精美、形象生动。这些木俑都是为墓主专门制作的，用于为墓主人提供各种生活服务。

最令人震惊的是，这里清理出土了数以万计的珍贵文物。随着大墓主椁室的打开清理，大量难得一见的稀世珍宝呈现在世人面前：

数以万计的竹简和木牍（遣策和奏章副本），是我国考古史上极其重大的发现。还有大量有文字的漆笥、耳杯等。这些发现将使多种珍贵的古代文献在两千多年后得以重见天日。这些珍贵文物将为今人提供一份关于汉代及以前的历史、文化、艺术、科技发展全新资料，其历史文化研究价值不可估量。尤其是秦始皇焚书坑儒后，大量儒学典籍被焚毁。而墓中出土的这些竹简记载的文献总字数据估算竟有数十万字之多，其中是否包含没有被焚毁的先秦典籍内容？这一遐想令人憧憬，相信到了揭秘的那一天，整个世界都将为之震撼！

大墓出土的一组绘有人物形象的屏风组件，在人物下面有题字，除能辨认“孔子”“颜回”“叔梁纥[①]”等名人的名字外，还能清楚地看到“野居而生”的字样。专家认定，这是迄今为止发现的中国古代先贤孔子的最早图像。这印证了汉武帝“罢黜百家，独尊儒术”后，西汉中晚期上流阶层将崇儒作为一种时尚，有关的研究成果必将载入史册。

更令人叹为观止的是出土的大量黄金器件：在主棺打开之前，共出土马蹄金、麟趾金、金饼等金器300余件，金灿灿的“金饼”“金板”成色和分量十足。据传，马蹄金是当年汉武帝征服西域大宛国后，为彰显收获汗血宝马之功，特意按照汗血宝马的马蹄形状铸造用于宫廷赏赐的。谁拥有马蹄金，就意味着谁拥有荣耀与恩宠。在国际文物市场，同样的马蹄金，据2012年中国嘉德拍卖公司的拍

① 叔梁纥（公元前622年—公元前549年）：春秋时期鲁国人，周代诸侯国——宋国君主的后代。思想家、教育家和儒家学派创始人孔子的父亲。在70岁时生的孔子。

卖价，每块高达919万元人民币，而这样的马蹄金在除主棺之外的墓内竟出土了两组，共计48块。在主棺和内外棺之间发现的20块金板，是汉墓考古史上首次发现，有专家认为这些金板可能是罕见的“金册”，在古时用于册封礼仪，是墓主人身份显贵的重要信息。

此外，在北藏阁的钱库中出土了堆积如山的五铢钱，足有十几吨重。这次考古发现，成功获得了汉代铜钱以一千文作为一个基础单位的重要信息，将“千文一贯”的币制往前推了一千年。有专家分析，这十几吨重的铜钱数量足有两百万枚之巨，相当于当时汉代中期全国一年铸币的百分之一。墓主人身家之丰，令人咋舌！

大墓还出土了大量工艺精湛的青铜器、铁器、玉器、漆木器、陶瓷器、竹编、草编、纺织品，以及错金银、包金、鎏金车马器、乐器等。其中漆木器3000余件，青铜器和铁器3000余件，玉器包括宝石、玛瑙、绿松石等500余件。特别是制作精巧的雁鱼灯、酒器等生活用器，展现出西汉时期列侯以上贵族的生活状况和当时高超的手工业工艺水平，再现了汉代贵族衣食住行文娱等方面丰富多彩的生活，对于深入了解西汉文化具有突破性的意义和价值。其中展现出来祖先们的智慧和创造力让人惊叹不已！

这位墓主随葬品中金玉宝贝之多，被专家称为“汉代考古之最”，足以震惊世界！而且有的葬品只有帝王之家才能享有。比如在真车马陪葬坑中出土了雕刻精美纹饰的鎏金、错银青铜车马器，与《后汉书·舆服志》所载“龙首衔轭”的“王青盖车”相似，这就提供了墓主人很有可能是帝王一级人物的信息。

这座大墓是如何被发现的？这个显贵而富有的墓主人又会是谁呢？

要解开大墓被发现之谜，需要从五年前的一个传言说起。

那是在 2011 年早春，南方最寒冷的时节。

春寒料峭的南昌，古玩市场却涌起了一波热浪。不少业内人都在传递着一个同样的消息：有人要出手一条纯金的金龙，这条金龙工艺精美，世所罕见。因为实在是太珍贵了，整个南昌的古玩市场，竟然无人敢接手。

金龙在古代是只有帝王一级才能拥有的宝物，这条金龙如果不是赝品的话，很有可能就来自某位帝王之墓。盗挖、买卖珍贵文物，一旦被查到，麻烦可就大了。因此，尽管有人心里痒痒的，却没人敢接手。

这条信息引起了警方的注意。

在那不久前，南昌市新建区警方接到了大塘坪乡观西村村民的报告，说几天前有一伙外乡人来到了观西村，包租了当地老百姓的一栋房子。这伙人行踪诡异，连续好几天都是昼伏夜出。在他们外出的晚上，村里的狗不断地狂叫，而距离观西村东南约一千米的墎墩山上，就会有一闪一闪的亮光闪烁。

墎墩山是当地村民的祖坟山，山上层层叠叠地堆满了坟茔。不少坟墓因年代已久，后人也不知迁往何方，无人照料，已成荒冢。偶尔也会有外乡人寻迹而来，在山上搞些祭奠先人的活动。也有不知名的坟墓被人盗挖过。

一开始，村民们以为前几天租房子住下来的这些外乡人也是在墎墩山上搞纪念先人活动的，于是没太在意。但是后来发现这伙人连续好几天都是白天闭门不出，不知道躲在屋里干什么，而一到深夜，村里的狗开始狂叫的时候，就是这伙人出门的时间，而后，远处的墎墩山上就会亮起闪烁的光。村民觉得这伙人不像是干正经事的，很有可能是在干盗墓的勾当，就报了警。

警方连续盯梢、秘密侦查几天后，初步判定这是一个来自河南的盗墓团伙。为了不打草惊蛇，警方决定继续跟踪侦查，待条件成熟时，再收网。

一天晚上，月黑风高。早春的寒冷把观西村的村民们早早地赶进了被窝。到了深夜,村里的狗又开始狂叫起来。寒冷寂静的夜里，此起彼伏的狗叫声让人感到格外刺耳惊心。第二天一早，早起的村民突然发现远处墎墩山山包上的黄土一夜间堆得老高老高。好奇的村民赶过去看，发现山丘高处出现了新挖的洞。有胆子大一点的村民沿着洞壁上挖出的脚窝爬下去，感觉爬进去有十多米深，到了没有脚窝的地方跳下去，咚地一下，有触底的回音，里面竟是空的。洞里面有一米多高，宽有两尺，里面还有一些碎木块。村民们判断，这应该是昨晚盗墓贼留下的洞。

联想到文物市场上有人出售金龙的消息，警方判断，这个盗洞极有可能就是这个来自河南的盗墓团伙所为。看来这个团伙已经打开了墓穴，盗出了东西正在出货。警方决定收网，很快，盗墓团伙成员被一网打尽。警方缴获了金龙等文物以及作案工具等。

不久，警方将缴获的物品送到文物部门鉴定。真是不看不知道，一看吓一跳！警方送去的物品立即引起了国家文物部门的高度重视。文物专家们从这些文物和盗墓贼挖出的木料判断，被盗挖的应该是高等级贵族的墓葬，因为无论是金龙还是墓葬用的木料，在西汉时期，一般的诸侯贵族都是不可能享有的。

而从史书的记载看，南昌新建这个地方，在汉代的历史上曾经是诸侯国海昏国的都城紫金城的所在地。盗墓团伙挖出的文物极有可能就来自与某一代海昏侯有关联的人物的随葬品。所幸的是，盗墓贼可能是由于晚上的作业时间不够，一晚上下来，只打开了一个小墓穴，从中盗挖出了金龙等文物。而边上另外一个可能更有价值的墓穴虽然已经打进去十几米深，打穿了好几层

紫金城远眺

厚厚的防护木板，但因为作业的时间不够，最终没能打开大墓。

眼看曙光将现，远处的村里开始出现有人早起活动的迹象，盗墓贼们不甘心地留下了堆成小山一样的黄土，选择了仓皇离开。

文物考古发掘一般都是跟随着盗墓者的足迹而进行的。经国家文物局批准，江西省开始对被盗墓贼光顾过的这个墓进行抢救性发掘。

以上所述的“大墓发现记”，颇有点儿“鬼吹灯”的味道。而经过公安机关和文物部门的调查，所谓的“金龙”仅仅是个传言，就连考古工作者最终也没有见过这条“金龙”。而根据公安机关的破案资料，真实版的“盗墓侦察记”是下面这样的：

2011 年 1 月。寒风凛冽，泥土也好似冻结了一般。

俗话说，“一进腊月门，便是过年人”。年关之际，赣江之畔的江西省南昌市比往年更加寒冷，还罕见地连续下了几场大雪。这野地里，一下雪，便可以看到兔子脚印。野兔有个怪癖，就是总爱走老路，若是跟着兔子脚印，设下个兔子套，便说不准能逮到一只，正好可以给这属兔的 2011 年增加点“兔味”。

这一天，南昌市新建区大塘乡的一名村民，便提着兔子套，到离家不是太远的雪地里去找野兔的踪迹。没走很远，却看到雪地上凹陷出一个“伤疤”，扒开上面一层薄薄的泥土，发现有一个用编织袋和泥土覆盖着的洞穴，竟有五六米深！

铁河古墓群

这一带可是省级文物保护单位铁河古墓群啊！一眼望去，一个个土包绵延起伏。这方地的底下不知道埋下去多少宝贝，以前就有墓被盗挖过。这个洞，十有八九是盗墓贼所为。可能有人盗挖古墓的信息很快就汇报到了公安局。

几乎是在同一时间段，离大塘乡二十公里之外的新祺周，南昌市公安局桑海分局的社区民警薛建峰开始了年前走访辖区单位的例行工作。这些天雨雪交加，道路上有些泥泞。他来到一家宾馆时，一辆停在空地上的七座瑞风商务车引起了他的注意。

街上人来车往，怎么就偏偏这辆车引起了他的注意呢？原来，这辆商务车用迷彩布把车牌严严实实地遮了起来。俗话说，不做亏心事，不怕鬼叫门。这辆遮牌车，让薛警官心里画了个问号。

又过了几日，离春节越来越近，雨雪天气也好似期待放假一般，渐渐缓了下来。这一天，薛建峰又走访到这家宾馆，发现那辆商务车还停在那里，依然严严实实地遮着车牌。这可就让薛建峰上了心。经过详细了解，使用这

民警薛建峰在春节前例行走访辖区单位时，就是在桑海经济开发区国药大道这个亿佳宾馆的院子里发现一辆可疑的商务车

不起眼的亿佳宾馆，盗墓分子便藏匿在这里

薛建峰讲述当年发现可疑车辆的情景

辆车的一伙人，天天都是晚上八九点开车出去，凌晨四五点才回来。而且，这伙人还很怪，不让宾馆的服务员整理他们住的房间。

这会是一伙什么人呢？薛建峰打量着这辆车，透过窗户往内察看，只见车内残留着黄土的痕迹，还放着撬棍、铁锹之类的工具。再细细一瞧，有几根怪模样的东西，像是铲子，但铲斗很窄，只有几厘米宽，呈“U”字半圆形。旁人若是看到，倒不一定认得出来，可薛警官来自山西，老家那边帝王将相陵墓众多，盗墓贼也多。他一眼就认出来了——那是洛阳铲。

说起洛阳铲，可不一般。相传，洛阳铲是中国河南洛阳附近村民李鸭子于20世纪初发明，后人逐渐改进，被广泛用于盗墓。中国古墓葬最集中的洛阳邙山地区“十墓九空”，盗墓者用的就是这种工具，“洛阳铲”也由此而“恶名”远播。后来，著名的考古学家卫聚贤把洛阳铲运用于考古钻探，于是原来的盗墓工具洛阳铲又成了重要考古工具。由于传统的铲柄过长，不方便挟带，容易被发现，后来又经过了多次改良。

洛阳铲

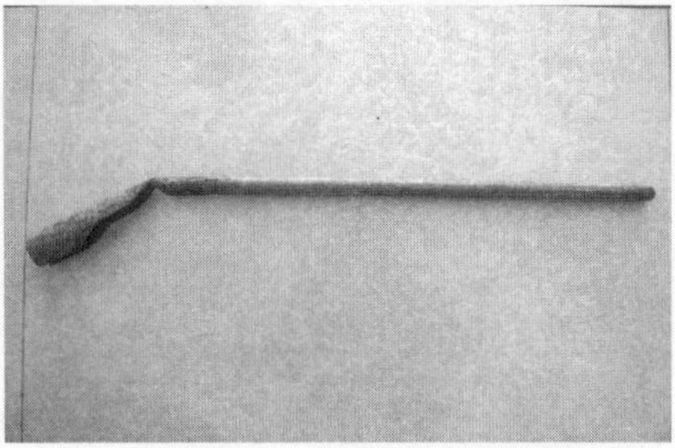

套上钢管的洛阳铲

这次，薛警官所看到的洛阳铲，它的杆子是用半米长的螺纹钢管层层相套的，全部拆开了收在车里。一见洛阳铲，薛警官就几乎能确定这是一伙盗墓的了。他赶忙将情况上报分局。刚好，铁河古墓群发现有盗洞的信息也到了公安局。

洛阳铲及钢管等盗墓工具

桑海分局立刻抽调刑侦、派出所民警，组成专案组。专案组把工作重点放在了薛建峰发现的这伙人身上，他们每天晚上外出是否就是去铁河古墓群呢？

铁河古墓群，地处荒郊野外，十分偏僻，平时晚上

新挖的盗洞

难得有车辆出入。这伙人住的宾馆离铁河古墓群有二十公里远。很快，专案组就发现，这伙人每天晚上开车离开宾馆后，还真的就是直奔铁河古墓群而去。通过调查走访，警方又得知，近些天，铁河古墓群发现有三个新挖的盗洞。

时间到了 1 月 26 日，快到除夕了。这一天，警方再次接到信息，那三个新挖盗洞的洞口已被全部填埋。

专案组分析，这群盗墓贼有可能是准备撤离回家过年了，再不收网就可能来不及了。于是，警方果断行动，将八名盗墓贼堵在宾馆房间里抓个正着，缴获了雷管、钢钎、铁锹、铁镐、洛阳铲等作案工具，并且还在房间内搜到了古代青铜灯盏的残片，后来这些残片移交给了文物部门。

经审查发现，这群盗墓贼可不简单，有人懂爆破，有人懂古玩。他们分工明确，有人负责开车，有人负责望风，其他人则负责盗掘古墓。选好地点后，他们先用洛阳铲探进土里，提取地下的土壤，根据铲头带出的土壤颜色、结构、所含成分，分析下面是否有文物。如果觉得里面有文物，他们便使用铁锹、铁镐等工具开挖。边挖边用蛇皮袋将土拉上来，如果开挖时遇到卵石层，懂爆破的人便使用雷管将卵石层炸开。

这群盗墓贼在铁河古墓群挖了三个洞，分别深十二米、九米和七米。深十二米的洞是他们挖的第一个洞——那个古代青铜灯盏残片就是在这个洞里找到的。这伙人知道白天有人巡逻，为了不被发现，他们就将第一个洞里挖出来的土藏在树林里，再用钢丝做成的网盖在洞口上，在钢丝网上放沙袋，最后在沙袋上铺上草。而在挖第二个洞的时候，他们将挖出来的土回填到第一个洞里。挖第三个洞时，再将挖出来的土回填到第二个洞里。盗墓贼作案手法之专业，令人咋舌。

被桑海公安缴获的作案工具

以上是公安机关提供的有关铁河古墓群盗墓案的侦查经过。

而据当地政府和文物部门反映，大墓被发现的经过是以下这样的：

2011 年 3 月，家住在墩墩山西侧约两百五十米远处的时任大塘坪乡观西村支部书记裘德杏，连续几天晚上都听到村庄有狗在异常地叫唤，远处的墩墩山上也发现有零星的手电筒光出现。这种异常的情况引起了他的警觉。3月24日早上，裘德杏领着几个村民到墎墩山上查看，发现有一座大墓被打了一个大洞，深约十五米。在盗洞不远处发现有大量的木炭、胶泥、锯断的椁板木头。

裘德杏马上到当地派出所报了案，同时，打电话给江西电视台都市频道新闻热线，提供了墎墩山上有盗墓的新闻线索。都市频道工作人员把这一信息及时通报给江西省文物考古研究所和南昌市博物馆，南昌市博物馆则马上通知了新建县博物馆。

当天下午五点钟左右，省、市、县三级文物部门工作人员相继赶到现场，对盗墓现场进行了初步勘察。发现该墓有高大的封土，建筑规模较大，棺椁外有木炭、胶泥，椁板上有朱漆彩绘，做工非常讲究，显示墓主身份非同一般。文物部门认为，该墓葬等级较高，必须采取紧急保护措施。

2011年4月，经国家文物局批准，江西省开始了对被盗墓贼光顾过的墓地进行抢救性的考古发掘。随着考古发掘的推进，越来越多的重大发现将这座汉墓推到了全球聚光灯下。

谁也没有想到，这一发掘就是五年！而且还发掘出了一个集帝、王、侯于一身的传奇历史人物！

经过五年多的考古发掘，这处两千年前的墓园和周边遗址的面纱逐渐被揭开。这个大墓的规制和随葬品的内容，远远超出了一般诸侯的规格。大墓里发掘出的东西中，既有诸侯的东西，也有王的物件，更有皇帝才能拥有的宝贝。纵观历史，在南昌新建这个地方，只有既做过王、又当过帝的第一代海昏侯刘贺才最符合大墓主人显贵的身份。此外，在挖掘过程中，已经发现多种迹象将这处墓地的主人指向刘贺，比如，很多“昌邑款”的漆器，上有“昌邑九年”、“昌邑十一年”字样。这些漆器正好与刘贺曾经在昌邑当过王有紧密关联。

2016年1月15日，沉睡了两千多年的海昏侯“搬家”了。现场工作人员将内棺与棺床经航吊机运出墓穴，再由卡车运送到文保用房。落户这个专门为这个墓考古发掘而建的国家级考古实验室之后，研究者们终于可以细细打量这个万众瞩目、期待许久的大棺了。这个朱红色漆皮大棺分为内外两层，长3.71米，宽1.44米，庄严气派。大棺上面放置着三把缠绕金丝的玉剑，玲珑剔透，做工精妙。内棺盖板上一只神鸟清晰可见，似乎正欲展翅飞翔。有专家说这是朱雀，象征着能引领死者的灵魂升入仙国，故而在汉代兴盛一时。2016年1月16日，海昏侯墓的主棺在考古实验室被徐徐打开。由于椁室顶板倒塌，大棺受到挤压，棺中文物也被挤压出来。内棺与外棺之间的缝隙间有只被压扁的漆盒，长0.6米，宽0.3米。漆盒上贴有金箔，有飞鸟、奔鹿、狩猎等造型，生动形象，栩栩如生，再现了汉代高超的金箔制作工艺。大棺的尾部，一块青色的谷纹玉璧露出半截；大棺的右侧，一件玉瑗断成了几截，瑗身雕刻着流畅的云纹。开启内棺后，海昏侯依旧被金器与玉器包围，精美文物不可胜数，文物造型惟妙惟肖，制作技艺巧夺天工，让现场的研究人员大为震惊！其中内棺中部有一枚小小的玉印，那正是墓主腰身的位置，估计是挂在墓主的腰上，晶莹的玉印上刻“刘贺”二字，至此，墓主的身份终于被完全凿实——果然是做过二十七天皇帝的第二代昌邑王、第一代海昏侯刘贺，史称汉废帝刘贺。历经两千多年的岁月侵蚀，刘贺的尸骨已难见踪影，只留下了少许遗骸的痕迹。从刘贺的遗迹来推断，刘贺身长当在一米八左右，头部朝南平躺在棺内。刘贺身下垫的是特制的镶金丝缕琉璃席，每隔十几厘米就等距离铺有五块金饼，从头到脚，垫在刘贺身下的金饼足有数十块之多。刘贺左手的位置摆放有他随身携带的玉具剑一把，右手的位置摆放有书刀一把，据专家介绍这是用于他在竹简木牍上写字时修改刮字所用。刘贺右腰位置挂有一块较大的蝶形佩玉，配有玛瑙缀饰，十分精美。刘贺的头部、胸部和腹部都覆盖有大大的圆形玉璧，身下也垫有玉璧，最大的玉璧直径竟然有九寸， 据说是目前考古中见过的最大的玉璧。考古人员分析，刘贺的眼、耳、口、鼻等七窍部位应当都置有玉器，口中应当含有玉蝉。刘贺的头部位置放有一个漆箱，虽然已经压坏，但仍可清楚地辨析上面鲜艳流畅的纹饰。漆箱里面放的应该是刘贺最珍爱的物品。不过由于内棺还没有开始清理，还有很多惊喜尚不得而知。

刘贺是汉武帝刘彻的孙子、昌邑哀王刘髆的儿子，年仅五岁便继承了昌邑王位，成为第二代昌邑王。刘贺十九岁时，年仅二十一岁的汉昭帝刘弗陵突然驾崩，因为没有留下儿子，作为昭帝侄子辈的刘贺被权臣霍光扶上帝位，却仅仅当了二十七天皇帝就又被霍光废掉，回到他的封地昌邑，贬为庶民。十年后，刘贺又被他的继任者汉宣帝刘询封为“海昏侯”，迁至鄱阳湖畔南昌新建这个地方。刘贺是汉代在位时间最短的皇帝，因为没有来得及取年号，在中国皇帝年表中没有他的名字，史称“汉废帝”。

“海昏”的“海”字，意为浩渺的水，在这里指的是过去的彭蠡泽，现在的鄱阳湖；“昏”是夕阳西下的意思。海昏侯国也就是鄱阳湖西岸的一个小诸侯国，都城在今天的南昌新建一带。

刘贺是怎么当上皇帝的呢？要解开这个谜，请看第一章：天上掉下个皇帝位——幸运的刘贺。

第一章

天上掉下个皇帝位——幸运的刘贺

公元前74年，正处于盛世的大汉朝发生了一件大事：当朝皇帝，即汉昭帝刘弗陵，突然驾崩。

汉昭帝刘弗陵在位十三年，驾崩时年仅二十一岁。汉昭帝没有子嗣，也没有传位诏书，只留下了一个十五岁的上官皇后。于是，由谁来接任皇位成了当朝最大的一件难事。

昭帝驾崩，事发突然。方圆数十公里的长安四方城，一夜之间，玄黑的长幔高挂，把春日的阳光也遮住了。守城士兵麻服素帽，尖利的钩戟闪着点点白光。昭帝生前所住的未央宫陷入了空前的混乱之中，空气中充满了丧主的哀伤。

国不可一日无主，朝廷不可一日无君！昭帝的丧葬大礼由谁来主持？谁将成为下一任皇帝？选任皇位接班人的千钧重担责无旁贷地落在了对昭帝有辅政之责的当朝大司马大将军[1]霍光身上。

公元前87年，汉武帝临终时将年幼的刘弗陵和汉室江山托付给了他最信任的霍光，指定他为大司马大将军，

---

① 大司马大将军：西汉时为尊崇战功而在大将军前冠以大司马的一种职衔。

领衔辅佐时年八岁的刘弗陵。转瞬间，十三年过去，已年过花甲的霍光没想到，昭帝刘弗陵会英年早逝，先他而去。

望着长安城层层叠叠的孝幔，霍光想起当年武帝对自己的嘱托，心中不禁一声长叹：“武帝啊！您把心爱的儿子托付给了我，他却突然弃老臣而去，老臣有负您的重托啊！老臣也已经是六十好几的人了，大汉朝如果出现什么变故，我可怎么去见您哪？”叹息中，霍光眼中的两行热泪奔涌而出。

作为武帝的托孤重臣，霍光扪心自问：这些年来自己对幼主刘弗陵的辅佐已经做到了殚精竭虑，简直就把他当作自己的儿子一样看待。不说死而后已，也可算得上是尽心尽力了。朝廷一应的繁杂事务都是自己在处理，即使有天大的麻烦事也是自己扛在肩上，不舍得让皇帝犯一点难。昭帝刘弗陵很聪明，对自己也很信任。十三年君臣携手，按照孝武皇帝的嘱托，轻徭薄赋，与民休养生息，百姓充实，四夷宾服，整个大汉朝现在正是一派盛世景象。自己也算对得起孝武皇帝的重托了。谁能想到，正值国泰民安的时候，年纪轻轻的刘弗陵竟然会驾鹤远去了呢？

想着英年早逝的刘弗陵，霍光心里头又是一阵悲伤：“陛下啊！我曾经几次打算还政于您，让您亲政。可是一看您的身体那么虚弱，我又哪里忍心开得了口呢。几次都是话到嘴边又咽了回去。唉，没想到天命会如此无常哪！”

霍光心里清楚，辅政这些年，尽管自己问心无愧，但也不是没有引起他人的非议。尤其是昭帝刘弗陵长大成人后，有些人对自己迟迟不把朝政还给皇上颇有微词，有说自己恋栈权位的，也有说自己辜负了孝武皇帝[①]的。这真是站着说话不腰疼啊！这么大个国家要是哪里有点闪失，将来自己有何面目去见九泉之下的孝武皇帝啊。孝武皇帝把幼主和江山社稷托付给了我，我唯有夙兴夜寐，日理万机，才对得起孝武皇帝的嘱托啊。现在皇帝突然辞世，群臣在由谁来继承大统的问题上争执不下。皇帝撂下的这个摊子，看来还得由自己来收拾，谁叫自己是孝武皇帝的托孤之臣呢。唉，谁能知道自己心里头的苦楚啊！

一想到刘弗陵无后，霍光心里头又掠过一丝不安。上官皇后是自己的外孙女，当年选配给刘弗陵当皇后也是有自己的打算的。为了让外孙女上官皇后早日生子，巩固自己的权位，自己甚至让皇后下了专门的诏令，不许后宫嫔妃进御。也就是把陪皇帝睡觉、替皇帝传宗接代，变成了皇后一个人的专利。为了防止小皇帝随意与其他宫女嫔妃行云雨之事，又命令宫里的女子都要穿穷绔（有前后裆、系带很多的一种内裤，不方便解开）。可惜人算不如天算，刘弗陵倒是没有了亲近其他女人的机会，但直到他驾崩，上官皇后也没能怀上身孕。

长安城里，那踞于高高石阶上的未央宫矗立在云中，俯视着长安城。未央宫四周石雕栏杆环列，飞檐挑角，宫

① 孝武皇帝：即汉武帝刘彻，谥号孝武皇帝。

殿巍峨雄伟。殿内，雕梁画栋，天花板上的方格中，是色彩庄重、式样古拙的图案花纹。合围的楠木巨柱上，雕着云龙，张牙舞爪，纵躯飞搏，气势如虹。

往日感觉巍峨雄伟的未央宫，现在在霍光的心里仿佛是一座大山，压得他喘不过气来。由谁来入主未央宫，这不仅关乎大汉朝的江山社稷，关系到孝武皇帝当年对自己的嘱托，同时，也关系到霍氏整个家族未来的命运。这个继承大统的人可不那么好选哪！孝武皇帝就那么几个儿子，除了已经死了的，仅有一个健在，却又争议很大，再往下一辈，可供选择的也不多。大臣们各有各的盘算，无外乎都想立对自己更有利的人选。

未央宫大殿里，群臣在一番哀痛之后，商议着拥立新君的国家大事。

正殿内，一身素裹的上官皇后端坐在上，眼角垂着泪花。大殿底下文武百官一片肃穆。为首一位身材结实、下颚和两鬓蓄满络腮胡子、威严无比的大臣，正是当朝大司马大将军霍光。上官皇后才十五岁，哪里经过这种大事。她望着满大殿焦虑的大臣，心中惶恐不安，不时地把可怜巴巴的目光投向她的外公——当朝大司马大将军霍光。这才是她心里最坚实的后盾。

群臣都知道，这个时候，大司马大将军霍光的话相当于就是圣旨。

只见霍光对着上官皇后深深一揖，然后面向众大臣，神情凝重地说道："皇后殿下，众位大臣，皇帝突然驾崩，老臣很是悲痛，深感有负孝武皇帝的重托。但是，现在不是悲痛和检讨的时候，眼下最要紧的事，是要赶紧商议一下，由谁来继承大统，才符合汉室江山社稷的需要，符合孝武皇帝的瞩望啊。"霍光话音刚落，大臣们立马议论纷纷起来。

按照汉室皇位继承的规制，皇帝驾崩无子，首先应考虑的是传位给皇帝的兄弟。昭帝刘弗陵原本倒是有五个兄长，按照年龄排序，分别是刘据、刘闳、刘旦、刘胥、刘髆。昭帝刘弗陵是汉武帝的儿子里头最小的一位。作为汉武帝最小的儿子，刘弗陵之所以能被立为太子当上皇帝，主要得益于汉武帝其他的皇子，也就是刘弗陵的哥哥们分别出了一些事。

汉武帝的长子、昭帝刘弗陵的大哥是刘据。刘据是汉武帝与皇后卫子夫所生，在太子位上含冤而死，史称戾太子。

公元前128年春，武帝的宠妃卫子夫给称帝已十二年、时龄二十九岁的武帝生下了第一位皇子。汉武帝欣喜异常，为皇长子取名为刘据，并马上命人作《皇太子生赋》，等于提前昭告天下这个刚出生的皇子就是太子。举朝臣子亦为这位盼之已久的大汉皇长子的出世而高兴。因汉武帝的原配夫人陈阿娇皇后被废，皇后之位已空缺一年有余，中大夫主父偃上书武帝，请立刘据生母卫子夫为皇后。同年三月，汉武帝册立卫子夫为皇后，并大赦天下。刘据也由庶长子的身份变更为嫡长子。到刘据七岁时，便被立为太子。

作为太子的刘据，得到了汉武帝悉心的培养。虽然汉武帝感觉太子和自己相比显得有些文弱，但还是认为作为储君来说，太子尚属不错的人选。随着时光流逝，卫子夫皇后逐渐年老色衰，汉武帝对卫皇后与太子的宠爱也有点衰减，这让卫皇后和太子常常感到不安，但是汉武帝对太子刘据作为继位者的培养并没有松懈。

卫皇后容貌秀丽但出身卑微，为人处世都极其低调，很受后宫和众大臣的尊敬，汉武帝对卫皇后也很敬重和信任。汉武帝感觉到卫皇后与太子刘据内心的不安后，有一次对刘据的舅舅大司马大将军卫青说："我朝有很多事都还处于早期阶段，再加上周围的外族敌国对我国的侵扰不断，我如不变更制度，后代就将失去准则依据。如不出师征伐，天下就不能安定，因此不能不暂时使百姓们受些劳苦。但倘若后代也像朕这样去做，就等于重蹈了秦朝灭亡的覆辙。太子性格稳重好静，肯定能安定天下，不会让朕忧虑。要找一个能够以文治国的君主，还能有谁比太子更合适呢！听说皇后和太子有不安的感觉，难道真是如此吗？你可以把朕的意思转告他们。"

卫皇后听到兄弟卫青的传话后，特意摘掉首饰向汉武帝请罪。后来，每当太子劝阻汉武帝征伐四方时，汉武帝就笑着说："由父皇我来担当艰苦重任，开疆辟土，而将稳定的江山留给你，不好吗？"

汉武帝晚年时经常外出游幸天下，每每出宫便将朝廷诸事交付给太子刘据，宫中事务交付给皇后。可见，汉武帝对卫皇后和太子的信任。

太子刘据性格仁慈宽厚、温和谨慎，颇得百姓之心。但是，在皇宫中，待人宽厚未必能得所有人的欢心；性格温和反倒易引来更多嫉恨。有句话，叫作"上有所好，下必甚焉"。汉武帝用法严厉，任用的多是冷绝无情的酷吏；而刘据却待人宽厚，经常在理政时将一些他认为处罚过重的人和事从轻发落。

渐渐地，群臣百官中，为人宽厚的都在刘据身边，而那些用法严苛的，则大多诋毁刘据。结果，在汉武帝身边赞赏刘据的人少，故意诋毁的人反而多。公元前 106 年，太子的舅舅、为汉武帝战胜匈奴立下赫赫战功的大将军卫青去世，与太子不睦的人认为刘据和卫皇后已经没有了外戚靠山，同时也害怕太子继位后对自己不利，于是开始竞相陷害太子刘据。而汉武帝发现自己宠爱的太子与自己在诸多方面存在着差异，加上缺乏思想交流和感情沟通，父子间的嫌隙也开始增大。

汉武帝晚年时期重用酷吏江充。江充原本也与刘据没有什么瓜葛，然而有一次刘据派使者去甘泉宫向汉武帝奏报政务，使者因为政务紧急，乘着马车行驶在了驰道上，恰巧被跟随汉武帝去甘泉宫的江充看见。驰道为天子的御用通道，臣子百官没有得到许可都不能在上面行驶。酷吏江充将刘据的使者扣押。刘据得到消息之后，派人向江充道歉说："都怪我对手下管教不严，此事实在不想让皇帝知道，能否高抬贵手宽恕一次。"奸诈的江充深知汉武帝异于常人的性格，故意义正词严地向汉武帝汇报了此事。汉武帝果然大加赞赏说："做臣子的就该如此刚正不阿。"江充因此更加受汉武帝的信任。但因为此事，太子与江充有了嫌隙，给未来埋下了祸根。

汉武帝晚年，巫风大盛。曾有女巫帮助后宫女人用巫蛊之术加害他人，而这些女人又由于妒忌而相互告发，并声称对方是在诅咒皇上。"巫蛊"的形式，大致是用木制成仇人的形象，插刺铁针，埋入地下，并用恶语诅咒，以为这样能够使对方罹祸。汉武帝晚年因年迈而多病，追求长生的欲望十分强烈，他迷信方士神巫，怀疑有人诅咒自己，对巫蛊之风深恶痛绝。因此，那些与巫蛊有关的嫔妃及大臣都被处死，死者数百人。

公元前 92 年，江充看到汉武帝年事已高，而自己的行事风格狠辣，与太子刘据的宽厚之风相背，加之先前又和刘据有嫌隙，害怕汉武帝去世之后被刘据报复。他决心借助巫蛊之罪来构陷太子。江充先故意说汉武帝生病是因为巫蛊作祟，信以为真的汉武帝任命他为使者，专门典治巫蛊。江充广为收捕巫觋[1]，并严刑逼供，强迫他们认罪。从京师长安到各郡、国，因此而死的先后有数万人，闹得天下人心惶惶。后来有一天，汉武帝游幸甘泉宫时生病，江充称长安宫中有蛊气。汉武帝立即派他追查，又派韩说、章赣、苏文等宦官协助江充。早有预谋的江充便从后宫中不受宠幸的夫人开始查办，再延及皇后卫子夫。

一年后，江充终于将铁锹挖到了太子的东宫，故意设局，“挖”出了桐木人偶。刘据很恐惧，想亲自到远离长安的甘泉宫向汉武帝表明清白，但是江充一直对他穷追不舍，使刘据无法脱离。刘据不得已被迫起兵，杀死江充，烧死胡巫。而江充的同伙，同样奸诈的苏文却逃出长安，来到甘泉宫，向汉武帝诬告太子造反。

汉武帝听到苏文的汇报后，并不相信，说：“太子肯定是害怕了，又愤恨江充等人，所以发生这样的变故。”此时的汉武帝还是很理解太子的心理，因而派使臣召刘据前来。可是，派去的使者不敢进入长安，为了复命而编造说：“太子已经造反，要杀我，我逃了回来。”这样，汉武帝对太子谋反才信以为真，因而勃然大怒，下令剿灭太子及其势力。太子兵败出逃，不久自杀身亡。汉武帝得知太子起兵有卫皇后支持，下诏派人要收回用以帮助刘据起兵、象征皇后实权的玺绶。卫皇后为证清白，选择了自尽身亡。

这起事件，牵扯数十万人，史称巫蛊之祸。

---

① 巫觋：古代称女巫为“巫”，男巫为“觋”，合称“巫觋”。

自己敬重信任了三十多年的皇后和精心培养几十年的太子相继自杀身亡，汉武帝始终难以释怀。在冷静一段时间后，有大臣向武帝反映了太子的冤屈，武帝于是下令彻查此事，终于查明太子是被人恶意构陷，蒙冤而死。愤怒的汉武帝严惩了陷害太子的苏文等人，还修建了一座思子宫以寄思怀，又在太子自杀身亡的湖县修建了一座归来望思之台。

公元前89年，汉武帝颁布被誉为“仁圣之所悔”的《轮台诏》，全面反思自己过去的所作所为，表示今后要努力发展生产，与民休息。

刘据死后，太子之位于是空缺了下来。

之所以上面用了这么大的篇幅来介绍戾太子刘据和导致他与卫子夫皇后死亡的巫蛊之祸，是因为这场变故极大地影响了西汉的政治进程，也与刘贺有着重要的潜在的关联，根本性地改变了他的命运。

汉武帝的次子、汉昭帝刘弗陵的二哥是刘闳。刘闳是汉武帝与宠妃王夫人所生，封为齐王。因为王夫人得到汉武帝的宠爱，所以刘闳也尤其受汉武帝的喜欢。可惜刘闳英年早逝，也没有留下子嗣，死后封国废除。谥号为“怀”，即齐怀王。

汉武帝的第三个儿子、汉昭帝刘弗陵的三哥是燕王刘旦。刘旦是汉武帝与李姬所生。燕国地处北境，紧邻匈奴，土地贫瘠，民风凶悍，汉武帝以策文诏谕刘旦，勉励他镇守边陲，成为汉朝的藩篱辅翼。

汉武帝时期的郡国制度与汉初不同，经过削藩策、七国之乱和推恩令的多重打击之后，诸侯王的封国已没有太多的权力。而且汉朝皇位传承遵从周制，基本上是立长。所以作为汉武帝第三子的刘旦，起初并不奢望有朝一日能够荣登大位。太子刘据在世的时候，刘旦安心为王，将心思集中于各种学问。刘旦率性而学，经书、杂说来者不拒，特别喜欢星历、数术、倡优、射猎。成年后的燕王“能言善辩，广有谋略”，喜好招揽游侠武士。

刘旦的二皇兄刘闳去世后，又发生了巫蛊之祸，导致太子刘据自杀。刘旦意识到汉武帝剩余诸子中自己年纪最长，按次序排下来，皇太子的位置应该归属自己，但不知何故，汉武帝一直没有再立太子的意思。等待了一段时间后，刘旦着急了，他派使者来到长安，向汉武帝上疏，请求宿卫长安，以备不虞。意思就是提醒年纪已老的汉武帝，该立自己为太子了，一旦汉武帝有个不测，能提前有所准备。

刘旦自荐请立为太子的举动，让汉武帝感觉很不舒服。彼时，晚年的汉武帝正对冤死的太子刘据思念不已，看了燕王刘旦的自荐信以后勃然大怒，立斩来使。紧接着又以燕王“藏匿亡命之徒、违反汉律”的罪名，削掉其封国三个县邑，以示惩戒。之后，汉武帝感叹“生子应置于齐鲁之地，以感化其礼义；放在燕赵之地，果生争权之心”，遂厌恶刘旦。然而，刘旦并没有灰心，在汉武帝传位给小儿子汉昭帝刘弗陵后，他曾两度试图造反，但都没有成功，最后畏罪自缢而死。

汉武帝的第四个儿子、汉昭帝刘弗陵的四哥是广陵王刘胥。刘胥也是汉武帝与李姬所生，是燕王刘旦的亲弟弟。刘胥身材高大，体魄壮健，喜好游乐，力能扛鼎，曾经空手与熊、野猪等猛兽搏斗。勇武斗狠的刘胥因为行为没有法度，未能得到汉武帝的宠爱，汉武帝一直就没有选立刘胥为太子的念头。到了汉昭帝刘弗陵继位后，刘胥觊觎帝位，曾两次请来女巫李女须，下诅咒咒汉昭帝暴毙。这次，正巧汉昭帝突然驾崩，刘胥认为是李女须的诅咒灵验了，说她是位了不起的巫师，并杀牛庆祝祈祷灵验。刘胥自信满满地以为，无论从哪方面看，自己都应该是皇位的继承人。于是，刘胥积极策动朝中大臣，拥立自己为帝。

汉武帝的第五个儿子、汉昭帝刘弗陵的五哥是昌邑王刘髆，也即刘贺的父亲。刘髆是汉武帝刘彻与他最喜欢的李夫人所生。公元前 97 年，刘髆受封为昌邑王，封地即为“齐鲁之地”的孔孟之乡。刘髆也是当时贰师将军李广利的外甥。太子刘据因“巫蛊之祸”自杀后，见武帝迟迟不立太子，而武帝在处置燕王刘旦自请立为太子事件时，曾感慨“生子应置于齐鲁之地，以感化其礼义”，李广利和当朝丞相刘屈氂等人认为，武帝应该是对封地在齐鲁之地的昌邑王刘髆有好感，于是一起策划谋立刘髆为太子。李广利和刘屈氂谋立太子之事被人告发后，武帝再次震怒，丞相刘屈氂被武帝下令腰斩，正在与匈奴征战的贰师将军李广利闻之惊慌不已，以致于军事失利，后投降了匈奴，被杀。李广利一家也被汉武帝斩杀。经过这样一番激烈的变故，昌邑王刘髆没有了成为太子的希望。公元前 88 年，即汉武帝去世的前一年，刘髆去世。他五岁的儿子刘贺继位为昌邑王。

汉武帝的第六个儿子，就是最终继承皇位的汉昭帝刘弗陵。刘弗陵的母亲是汉武帝晚年时期最宠爱的妃子钩弋夫人。据传，钩弋夫人怀胎十四个月才生下刘弗陵，这个特殊的身世与上古的尧帝一样，传说尧帝也是其母怀胎十四个月所生。汉武帝因此对刘弗陵特别重视。加上幼年的刘弗陵体格健壮、聪明伶俐，很像汉武帝少年之时。汉武帝因而格外宠爱刘弗陵，对他抱有很大期望，在晚年有意传位于刘弗陵。为了防止自己死后主少母壮、太后专权的历史重演，汉武帝将刘弗陵的生母，自己宠爱的钩弋夫人赐死。公元前 87 年，汉武帝病重，年仅八岁的刘弗陵被立为皇太子。不久之后，汉武帝驾崩，刘弗陵继位，为汉昭帝。汉昭帝在霍光的辅佐下在位十三年，国泰民安，万方来朝，形势一片大好。但汉昭帝的身体却很不争气，不仅没有留下后人，年纪轻轻竟一病不起，遍寻名医也不见好，还没等到霍光还政于己，就突然驾崩。

汉昭帝驾崩后，帝位空悬，议立新君自然成为朝廷中的首要大事。其实也没有什么好议的，按照规制，汉昭帝没有子嗣，而汉武帝的儿子，在世的只剩下广陵王刘胥。最有资格接替皇位的，自然就是汉武帝仅存在世的第四个儿子刘胥了。

刘胥心中也看得清楚。但是为了防止节外生枝，刘胥还是特地令人备了许多份厚礼，送与朝中大臣家中。朝中大臣一个个见了厚礼，自然也是心领神会。他们知道，刘胥的继位可以说是顺理成章，更知晓刘胥对这个皇位可以说是志在必得。接过厚礼的大臣们纷纷私下表态，定然会支持刘胥。

不过，刘胥知道，虽说群臣表面上允诺会支持自己继承帝位，但是最终的决定权，依然在孝武帝的托孤大臣、当前大权在握的霍光手里。他因此特地备了一份厚礼送到霍家。刚好赶上霍光不在家，而霍光的夫人霍显见传言要继承帝位的刘胥特地备了大礼前来，暗想，这广陵王刘胥定然是想攀上我们霍家啊，以后霍家定然会更加荣华富贵了。于是，霍显便喜笑颜开地把礼收了下来。

刘胥得知霍家收下了自己的厚礼，心中是欣喜异常。他暗想，若是有霍光的支持，那自己的皇位可以说是十拿九稳了。

一想到霍光，刘胥心头不禁陡然生出一丝又怕又恨的心绪。霍光啊霍光，你这个老匹夫当初逼死我的王兄刘旦，还不在父亲武帝面前说自己的好话，以至于自己没有了被立为太子的机会。刘旦可是最疼爱自己的兄长！日后我若真接了皇位,对霍光这个老匹夫绝对不能放过！不过，如今自己还没有接到帝位，且先把仇恨放到一边，该低头时且低头，到那时再清算新仇旧恨也不迟，送出去的重礼到时候还得给我吐回来。

不知不觉中，广陵王刘胥的双拳已经握得生疼。

这一天，朝中大臣聚集一堂，商议推举谁来继承皇位。一番庭议之后，群臣之间的喧闹声渐渐低了下来。霍光扫视着群臣，内心十分不安。

刘胥私下的活动自然瞒不过霍光。霍光心里也很清楚，于情于理，多数大臣提出的人选必定会是广陵王刘胥。但是，自己对广陵王刘胥这个人却很不满意。这个广陵王行事没有一点法度，汉武帝在世的时候就不喜欢这个儿子，虽然封了广陵王，但压根就没有考虑过让他继承大统，自己跟在汉武帝身边二十多年，对这个是很清楚的。现在，广陵王刘胥已是壮年，行事方式依然故我，据说还与女巫厮混在一起。他若当了皇帝，如果行事还是那么毫无法度，汉室江山岂不是要断送在他的手里？再说，他的哥哥燕王刘旦就是在自己主政期间谋反而死的。这哥俩感情特好，据说刘旦死后，刘胥已经不止一次流露出要为兄长报仇的念头。刘胥与刘旦这两兄弟绝非善类，都是睚眦必报的人，万一这个家伙接了帝位，等待自己的还不知道会是什么样的下场呢。自己已经年过花甲，不知道还能强撑几年，到那时，孝武皇帝托付给自己的江山社稷可怎么办哪！

就在霍光心念急转的时候，只听见主管皇室宗籍事务的宗正[①]刘德大声说道："先帝英年早逝，实在令人扼腕。孝武皇帝有六个皇子，现在只有广陵王刘胥尚在人世。他是先帝的直系皇兄，与先帝关系最近，按大汉的规制，先帝无子，他同父异母的哥哥广陵王刘胥理应接位。"

果不其然，因为汉昭帝刘弗陵没有子嗣，皇亲国戚、文武百官第一时间想到的是他仅存在世的同父异母哥哥广陵王刘胥。

宗正是主管皇室宗籍事务的官员，刘德的话可以说也代表了相当一部分皇室家族的意见，不能不重视啊！汉武帝还健在的儿子，确实也只剩下广陵王刘胥了，宗正刘德的话也代表了不少大臣的心思。

霍光的心中更加不安起来。他知道那广陵王刘胥封

① 宗正：中国古代官员名称。朝廷掌管皇帝亲族或外戚勋贵等有关事务之官，为九卿之一。

王多年，可不是个让人省心的主。

昨天晚上，夫人霍显告诉了自己刘胥派人送礼的事，被自己痛骂一顿。这个女人就是贪财！这份礼是这么好收的吗？你收下了这份厚礼，将来就可能会死得很惨！

霍光料到广陵王刘胥必定早就开始活动了，看宗正的话说得这么理直气壮，怕是刘胥也已经给他送过厚礼了吧。刘胥啊刘胥，你以为一份厚礼就能左右我的抉择吗？我倒要看看，还有哪些人被你买通了！

果然，丞相杨敞紧跟着也说话了："先帝无子，广陵王是孝武皇帝仅存的儿子，听说他体魄壮健，勇猛威武，很有气魄。老夫也以为，广陵王即位，必能再振孝武皇帝之雄风。"

见杨敞这么快就说出了自己的想法，霍光的心头不禁为之一震。要知道，杨敞可是个谨小慎微的人，他每一次朝议时想说的话必定会先和自己通气。这一次怎么就例外了呢？一想到这，霍光心里头陡然生出一丝寒意！广陵王还没有接位，大臣们就已经开始投靠想象中的新主了。如果刘胥一旦接了位，自己将来还能一言九鼎吗？

只见其他大臣纷纷附和："广陵王自封王以来，封国治理得井井有条，百姓感恩戴德。广陵王具有治国之才，是新君独一无二的人选。"

"广陵王为人谦逊，曾经多次入朝朝拜。先帝对广陵王也礼遇甚厚，若是广陵王继位，想必先帝在天之灵也会有所释然。”

这些大臣或赞颂刘胥的功绩，或从宗庙角度阐述广陵王是最佳人选。其他大臣见之前已经有人推荐广陵王刘胥，而目前来看，刘胥可以说是最有资格成为新帝的人选，也就顺势表明自己支持广陵王。就算有人有不同意见，这时候也在想要是自己不识好歹地强出头，怕是日后刘胥真的当上皇帝，自己必定被清算。一时间，朝廷中的官员们几乎是异口同声，认为刘胥名正言顺，可以继承皇位。

霍光面色俨然，依然沉默不语，似在认真倾听各位大臣的意见。实际上，他的内心已如滔滔江水，暗潮涌动。

霍光暗暗考量，现在朝廷的大臣中，大部分都主张立广陵王刘胥，虽然这和自己事前的预料是一样的，但是，出现这种众口一词都主张拥立广陵王刘胥的局面，还是没有想到的。按照自己以往的观察，这位广陵王，品行素来不端，行为不循法度，孝武皇帝对他很是厌恶，所以当初才不立他为太子。江山社稷若是交予他，孝武皇帝在天之灵只怕也不得安息。而且，燕王刘旦和广陵王刘胥是同胞兄弟，刘旦因谋杀我失败而被迫自缢，要是刘胥当上了皇帝，很难说不加罪于自己，到了那时又该如何是好？

霍光很明白，自己能够长期辅政的一个重要条件就是皇帝年少，需要他的辅政。当初汉昭帝八岁继位，国家大事悉数交由首辅霍光处理，即使后来汉昭帝成长成人，理应亲政时，国家大事仍然是由霍光主管。然而，此时的广陵王正值壮年，一旦入主长安，朝廷政局必将大变，这当然是霍光所不愿看到的。但是广陵王毕竟是汉武帝唯一尚存的儿子，继承帝位确实也在情理之中，这也是群臣大多支持广陵王的原因。

霍光暗想，就今天大殿上的这个局面，立谁为帝这件急事看来得缓办才行。霍光决定暂缓一步。他环顾群臣，缓缓说道:“各位大人为国考虑,忠心可嘉。不过立新帝一事，事关社稷安危，需细细考量，不可草率决定。希望诸位大人从汉室的江山社稷出发，再三考量。明日，我们再议。”见霍光发了话，群臣谁也摸不准他的意思，只得散去。

霍显见丈夫从宫中回来之后，沉着一张脸，在屋内来来回回地踱步，看上去心事重重，不由得有些担心，便上前问道：“将军一脸忧虑，今天在宫中发生了什么事情吗？是不是皇帝驾崩后，遇到什么棘手的事情，还是有人想对您不利？”

霍光长叹一口气，说道：“你也知道先帝并无子嗣，今天，朝内在紧急商讨，应该立谁为帝。广陵王刘胥是孝武皇帝唯一在世的儿子，和先帝又是兄弟，于情于理，他都可以继承皇位。朝中大臣也多推举他。”

霍显见丈夫语气中充满了无奈与焦虑，不解地问：“既然各位大臣意见一致，那事情很顺利啊，将军还忧虑什么呢？前日广陵王还让人送来重礼，想必将来定然是会优待我们一家……”

霍光一听老婆霍显又提广陵王送礼一事，气就不打一处来。他咆哮着对霍显吼道：“你个浅薄的妇人！将来霍家要败就会败在你手上。这份礼是那么好收的吗？你今天收了他的礼，明天他可能会要了你的命哪！”

霍光恨不得一个巴掌扇向霍显。但是一见霍显已经怯意连连，一副可怜样，就把扇向霍显的冲动强压了下来。“唉，这个女人尽管一门心思为霍家着想，这些年伺候自己也无微不至，但就是太贪财了！头发长见识就是短！自己主持朝政这些年，不知道她收了人家多少礼！现在自己在位，权倾朝野，霍家如日中天！一旦自己百年之后，霍家说不定就会毁在她的手里啊！”霍光暗自度量，心里头一声叹息。

霍光耐着性子对霍显说：“广陵王这个人，性情暴戾，行事不尊法度，一旦成为皇帝，国家会被他搞乱的。孝武皇帝当年之所以不立他为太子，也是出于对社稷安危的考虑。况且，广陵王觊觎皇位已久，先帝尚在的时候，便有传言说他有不轨之心，他哥哥燕王刘旦就是因为谋反被我下令诛杀。据了解，这个仇他可是一刻都没有忘啊！如果他接位，还会容得下我们霍家吗？”

听到这里，霍显也着急起来说：“那……那怎么可以立他为帝？将军千万不能答应啊。”霍光叹了口气，说：“可是先帝没有儿子，孝武皇帝的儿子中，活着的也只有他一个，假如不立他，又有谁能继承汉室社稷？国家不可一日无君，众臣都觉得广陵王适合，纵然老夫坚决反对，又该怎么说呢？”

霍显插话道：“既然如此，将军现在大权在握，何不干脆取而代之。”霍光一听，怒喝道：“这种话怎么可以乱说！孝武皇帝将幼主与江山托付于我，我一日都不敢松懈。如今先帝早崩，作为臣子的怎么可以做出这种不忠不义的事情？你是要让我背上不忠不义的骂名吗？这种混账话今后不可再说了。广陵王的礼马上给我退回去，今后不许再收任何人的礼！夫人哪夫人，不要让霍家毁在你的手里啊！”急怒之下，霍光的脸色惨白得吓人。

霍显从来没有见过丈夫如此震怒。霍氏家族眼里的霍光，从来都是一副从容淡定的面容，即使泰山崩于眼前，可能他都不会惊于面色。这一次不知道哪来这么大的火！见霍光盛怒，霍显心生怯意，赶忙道歉：“将军息怒，我只是妇道人家之言而已。”

霍光沉思了片刻，仿佛自言自语地说：“无论如何，老夫也不能让这个广陵王当上这个皇帝。”

应该选谁呢？又该以什么理由说明广陵王不能继位呢？霍光冥思苦想。突然，霍光脑中灵光一闪，想起了汉武帝对他的临终嘱托。

汉武帝有位最宠爱的妃子李夫人，年纪轻轻就去世了。

李夫人的儿子是昌邑王刘髆，也已经去世，但刘髆留有一子刘贺，接任了昌邑王位。李夫人死后，汉武帝感伤不已，梦里都在念叨。汉武帝曾允诺要善待李夫人的后代，临终给自己交代后事的时候，还特别叮嘱过自己不要忘了这一点。而武帝去世时，李夫人这一脉也就剩下昌邑王刘贺了。

霍光琢磨，可否推举汉武帝的孙子、昭帝刘弗陵的侄子刘贺为帝呢？虽说刘贺也是一个喜欢玩乐、性格轻狂、有些放纵的皇族子弟，但他年轻，可塑性强，选他应该比选刘胥要好。再加上先帝刘弗陵跟昌邑王刘贺是叔侄关系，如果刘贺以刘弗陵继子的身份继任皇位，这样一来，不仅符合汉室继承大统的规制，将广陵王刘胥排除在皇位继承人之外，而且自己的外孙女上官皇后正好就成了皇太后。自己这个大司马大将军仍将是本朝最显赫的外戚，是朝廷不可或缺的顶梁柱！

一想到还有昌邑王刘贺这张牌可以打，霍光紧绷着的心绪开始松弛下来。霍光心中生出莫名的激动："英明神勇的孝武皇帝啊，幸亏您当年向老臣交代过要善待李夫人的后代啊，否则我还真不知道该怎么去化解如今的困局。我如果把您交代过要格外关照的李夫人的孙子，也是您当年喜欢过的孙子扶上帝位，我看谁还敢有异议！"

孝武皇帝在霍光心中就是一尊"神"。武帝交代过的事，永远是霍光必须坚决照办的圣旨。霍光心绪联翩起伏，又回到当年武帝托孤时的嘱托上来。当年武帝将幼主刘弗陵和汉室江山社稷托付给自己的时候，自己就下定了决心——士为知己者死！一定要对得起武帝的信任和嘱托。武帝临终前交代过自己三件事。第一件事就是尽心尽力辅佐幼主刘弗陵，这一点，自己是对得起武帝的。第二件事是要善待李夫人的后代，具体讲就是善待昌邑王刘贺。现在刘弗陵驾崩，帝位空悬，这对刘贺而言是个机会。武帝交代的这第二件事，看来到了可以做的时候了。第三件事是要照顾好武帝心中有愧的戾太子的后人，这件事自己也一直在办，戾太子留下的孙子刘病已在尚冠里①成长得很好，只要自己在位，将来免不了也是要把他封王封侯的。

霍光这样想着，不免有些得意起来。他又琢磨，让昌邑王刘贺接帝位，尽管自己打着孝武皇帝的旗号完全可以做得了主，但做这样的安排最好还是不要由他这个大司马大将军先提出来。上午朝议的时候，自己让众位大臣从汉室江山社稷出发，再三考量新帝的人选。不知道有人听出了他的弦外之音没有？

有位郎官②大约是窥透了霍光的心思，连夜上疏说："古时候立太子时，曾有周太王③不立长子太伯，而立末子季历；周文王不立长子伯邑考，而立周武王。这都是根据其人能否担负社稷重任来权衡考虑的。只要是最适宜做皇帝

① 尚冠里：尚冠，长安城中里名，西汉贵族聚居区之一。里，是秦汉时国家最低一级行政组织。

② 郎官：帝王侍从官侍郎、中郎、郎中等的通称。

③ 周太王：公亶父，姬姓，名亶，又称周太王，又作周大王，豳（bīn，今陕西旬邑）人。上古周族的杰出领袖，西伯君主，周文王祖父，周王朝的奠基人。周武王姬发建立周朝时，追谥他为"周太王"。

的人，就算是要废长立幼，也是可以的。孝武皇帝在世的时候，就认为广陵王不适合做一国之君，因而没有立他为太子，不让他继承大统。现在又怎么可以立他为帝呢？况且现在广陵王依然行为不端,下官觉得他不可以继承皇位。”

霍光见到这篇奏章，心中为之一振。这不就是他想要的，不推举刘胥为新帝的理由吗？

于是，第二天朝议的时候，霍光先将这份奏章交给群臣传阅。朝中大臣阅后，都知道了霍光有不想立广陵王的意思了,但又都不知道霍光的葫芦里究竟卖的是什么药，于是谁也不敢再贸然举荐，当然也没有人再提广陵王接位了。大家都打算观望，看看霍光究竟是什么意思再说。而霍光却始终不主动说出自己的想法。就这样，第二次庭议又是无果而终。

新皇帝的人选迟迟没有出来。霍光虽然表面上不动声色，但他的内心其实也是心急如焚的。尽管心里头已经有了主张要推立昌邑王刘贺接帝位，但为了稳妥起见，霍光还是私下召来丞相杨敞。

杨敞身为朝中丞相，自然也是刘胥极力争取的重要人物。那天广陵王亲自上门送来大礼时，自己心中虽然想到过不收，但是又担心万一广陵王接位，怪罪自己在关键时刻没有给他面子，那样必定会给自己招来大祸，只好忐忑不安地收下了那份烫手的厚礼。这份礼可真是重啊，压得自己这几天都没睡好觉。

杨敞心想这位“未来的皇帝”要是真的继承了皇位，定然会善待当初支持他的各位大臣，自己当时也说了一定会支持刘胥。可哪知道群臣商议时，虽然绝大多数大臣都推举刘胥，而霍光却似乎另有所思。现在霍光才是大汉朝实际的当家人。也正因此，自己每一次朝议的意见都会先征求霍光的看法，这一次怎么就昏了头呢，竟然忽略了这个必经的环节！朝议时，霍光将不应推举广陵王为新帝的奏章交给群臣传阅，明摆着是霍光没有立刘胥为新帝的想法！广陵王怎么就没有能够打通霍光的关节呢？不是说霍显已经收了厚礼吗？

一想到这，杨敞就生出阵阵悔意。眼下霍光召自己前去，不知是福还是祸啊！杨敞一想到广陵王刘胥的礼还在府上未及退回，心里头暗暗着急：得赶紧把广陵王的礼给退回去！

杨敞见了霍光，寒暄了一阵。随后，霍光问道：“丞相认为，应该推举谁为新帝呢？”

杨敞的升迁，其实均得益于霍光。他行事谨小慎微，本是个胆小怕事之人，素来不敢违逆霍光的意思。

见霍光开门见山问新帝的人选，杨敞心想得抓紧机会挽救前头的失误，赶紧表明自己的立场。就说：“广陵王行事荒唐，而且不为孝武皇帝所喜欢。下官也觉得广陵王并不适合。我之前在朝议时推举广陵王刘胥所说的话，看来考虑得很不够。”

霍光故意不对杨敞举荐广陵王刘胥之事予以置评，又追问道：“那大人觉得宗室中，还有谁继任比较合适呢？”

杨敞见霍光追问，苦于不知道霍光的具体打算，就支支吾吾地不敢再贸然说话。

霍光见状，便说道：“先帝没有儿子，本该在他的兄弟里选择。可是正如大人所说，先帝唯一活着的兄弟广陵王刘胥，行为不循法度，不堪社稷重任。因此就只能在先帝的下一辈中选择。你看如何？”

杨敞见霍光这样说，心里有了底，便答道：“不知道大将军打算推举谁为新帝？”

霍光沉吟了一下说道：“昌邑哀王之子，现在的昌邑王刘贺，生长在孔圣之乡，今年已经十九岁，正值英年，可承担社稷重任，不知你的看法怎样？”

杨敞见霍光心中已经有人选，马上附和道：“孝武皇帝宠爱昌邑哀王之母李夫人，是众所皆知的事情，原也有过立昌邑哀王为太子的争论，可惜昌邑哀王不幸早薨。昌邑王刘贺论辈分正是先帝的侄子，倒是可以作为先帝的继子，先承太子位，再立为帝。这样，就符合了汉室继承大统的规制。下官完全赞同大将军的意见。”

霍光见杨敞表态赞同，松了一口气。但又转念一想，这种事情唯恐夜长梦多，得尽快决定下来才好。于是继续说道：“既然丞相与老夫的意见一样，那明天再次商议的时候，我和群臣们说出我的意见。若群臣皆没有异议，那就派人迎昌邑王刘贺入京，主持丧礼，再继位为帝，如何？”对于霍光的意见，杨敞根本不敢有任何异议，只有点头称是。

之后，霍光又找来几位重臣，一一单独讨论。这些大臣见掌握朝廷大权的霍光已有主见，于是纷纷附和。即便有人私下有异议，被单独召来时，也不敢多说什么了。

第二天上午，群臣再度聚在一起庭议。大殿里已经没有了前两天庭议时的喧哗和沉闷，包括上官皇后在内，大家的目光都在随着霍光的举动而转动，大家都知道该是大司马大将军霍光拿主意的时候了。

霍光森严的目光从所有大臣的脸上一一扫过，沉吟良久。只见他两眼烁然一闪，仿佛下定了最后的决心。霍光用力清了清嗓子，用低沉而坚定的声音说道：“这两天，众位大人对于立谁为新帝，议得很是热烈。有主张立广陵王刘胥的，也有反对立广陵王的，立与不立的理由前两天已有大臣讲过，今天就不多讲了。这两天，老夫和几位大人交流的时候，有人提出可以考虑立昌邑王刘贺。老夫觉得这倒是个可以考虑的人选。大家都知道，昌邑哀王乃孝武皇帝最宠爱的妃子李夫人所生，现在的昌邑王是昌邑哀王的儿子，也是孝武皇帝的孙儿，曾经深得孝武皇帝的喜爱。而且昌邑王封地处在孔孟之乡，昌邑王自小就接受儒家之道，熟读五经。听说，昌邑王还十分勇猛，敢于任事，颇有孝武皇帝之遗风。当年，孝武皇帝曾对老夫有嘱托，要老夫在辅佐幼主的同时，善待好他所喜爱的孙儿昌邑王。所以，如果立昌邑王为新帝，也可以说是孝武皇帝的遗愿。"

这一番话，从霍光口中说出来，群臣都知道霍光的意思了，谁也不敢站出来反对。霍光不怒而威的目光再一次从群臣的面上扫过，最后停在了丞相杨敞的脸上。

杨敞会意，知道该自己说话了。他马上向前跨了一步，接过了霍光的话头："大将军的决定十分英明。昌邑王是孝武皇帝的孙儿，先帝的侄儿，既然先帝没有留下子嗣，按照祖制，可以把昌邑王过继到先帝这一脉，作为先帝的继子。待昌邑王进京后，可先立为太子，然后接帝位。这样就符合汉室大统的规制了。"满朝文武大臣纷纷赞成，转而附和说昌邑王刘贺确实是治国之才，大将军这一决定实在英明神武。

随即，霍光让他的外孙女上官皇后发下诏令，特派少府①史乐成、宗正刘德、光禄大夫②丙吉、中郎将③利汉等，前去迎接昌邑王刘贺入京主持先帝刘弗陵的丧葬大礼。

大将军霍光所选择的昌邑王刘贺究竟有什么来头呢？这个天上掉下来的皇帝位竟然一下子就砸中了他！要解开这个谜，请看下一章：身世显赫——武帝之孙刘贺。

① 少府：中国古代官员名称。掌管山海地泽收入和皇室手工业制造，为皇帝的私府，为九卿之一。

② 光禄大夫：中国古代官员名称。为皇帝近臣、顾问。

③ 中郎将：中国古代官员名称。西汉时分五官、左、右三中郎署，各置中郎将以统领皇帝的侍卫。

第二章

身世显赫——武帝之孙刘贺

北方有佳人，
绝世而独立。
一顾倾人城，
再顾倾人国。
宁不知倾城与倾国？
佳人难再得。

上面这首歌，是汉武帝时期宫廷乐师李延年的名曲《北方有佳人》。歌中所赞美的那个倾国倾城的女子，后来成了汉武帝一生中最宠爱的女子，即历史上赫赫有名的李夫人。而昌邑王刘贺，正是汉武帝和李夫人的孙子。

要弄清楚刘贺到底有什么来头和霍光为什么会选中他接任帝位，得先说两个人，一个是汉武帝，另一个是李夫人。因为如果没有汉武帝和李夫人当初那场倾国倾城之恋，也就没有后来的刘贺。

汉武帝刘彻可不是一般的人物。他是西汉第七位皇帝，自十六岁登基，在皇帝位上一干就是五十四年。历史上将汉代的汉武盛世与唐太宗时期的贞观之治、清代康熙乾隆时期的康乾盛世并列为三大盛世。

事实上，汉武帝确实开创了西汉王朝最鼎盛繁荣的时期，创建了中国封建王朝的第一个发展高峰，在他的统治下，中国成为与西方罗马帝国相媲美的东方强国。汉武帝开辟了广大疆域，奠定了其后两千余年的中国版图的基础。历史上总是将秦始皇和汉武帝相提并论，毛泽东主席著名的词作《沁园春·雪》，也是把“秦皇汉武”相连，这大概是因为，无论是秦始皇还是汉武帝，对于中国历史的进程而言，他们都是具有奠基意义的伟大人物。

汉武帝创造过对后世影响深远的多个第一。比如：他是第一位使用年号的皇帝，后世的皇帝都以他为样板，除了来不及颁布年号的，每一任皇帝都有自己的年号；他是第一位在统一的国家制定、颁布太初历的皇帝，以正月作为每年的岁首，一直沿用至今；汉武帝时期出了中国第一部纪传体的史书《史记》，成为后人对中国历史研究的最重要的参考文献；汉武帝独尊儒术，以儒家思想作为国家的统治思想绵延千年，一直到今天仍然影响巨大；他派张骞出使西域，打通了“丝绸之路”，促进了中西方经济、文化交流，直接奠定了今天作为国家战略来实施的“丝绸之路经济带”的基础；他是第一个用“罪己诏”进行自我批评的皇帝，从汉武帝开始，后代皇帝如果犯了大错，都会用“罪己诏”的方式公开认错，以彰显明君姿态。如此等等，不一而足。因此，后人评价汉武帝的功业，说汉武帝对后来西汉王朝的发展和中国的历史进程影响深远，一点都不为过。

而作为皇帝，汉武帝和中国历史上其他的皇帝一样，后宫佳丽三千，粉黛无数，皇帝的身边从来就不缺女人。据说汉武帝晚年热衷求神访仙，又好女色。他听信方士[①]的说法，嫌旧宫矮小，不足以迎神，同时也想使后宫可以容纳天下更多的佳丽，于是在太初元年修建了“建章宫”。建章宫周长三十里，里面可以容纳千门万户。内殿有十二个门；台阶都以美玉装饰；又用黄金铸了一个凤凰，放置在殿顶上；以金玉珠玑为帘，墙壁上嵌着夜明珠，昼夜光明；在宫北凿太液池，池中有蓬莱、方丈、瀛洲，象征海中的仙山。武帝因嫌宫殿在城外往来不便，就造了飞阁直通自己居住的未央宫，又在太后居住的长乐宫北建明光宫，在未央宫北建桂宫，都筑复道相连。选燕、赵美女两千人居住在其中，所选的良家女子，都很年轻，若年满三十岁便遣令出嫁。当时各宫的美女，加起来共有一万八千人之多。幸运的女子几年之中有机会被武帝进幸一次，然而大多数女子一生也未曾见过武帝一面。

虽说武帝“阅女”无数，但从史料记载来看，武帝一生中最重要的女人只有少数几个：他的原配陈阿娇皇

① 方士：方术之士。古代自称能访仙炼丹以求长生不老的人。

后，继任的卫子夫皇后，卫子夫色衰后宠幸的王夫人，还有之后专宠的倾国倾城的李夫人，以及晚年宠爱的钩弋夫人等。

而纵观武帝一生，他最喜欢的女人是那个据说有倾国倾城之美貌的李夫人，也就是李延年在前面那首《北方有佳人》中所描写的女子。而这个倾国倾城的李夫人，之所以能得宠，全得益于其哥哥李延年。

李延年，中山（今河北省定州市）人，汉武帝时期的宫廷乐师，也是中国古代最著名的音乐人之一。这个李延年,歌唱得很好,而且他不但善歌喜舞,作曲水平也很高,当时有评价说他“每为新声变曲，围者莫不感动”。当时汉武帝为兴建祭祀天地的各个祠庙造设音乐，让司马相如等文人作诗称颂，而李延年总是奉汉武帝的旨意，为司马相如等文人所写的诗词配曲并演唱。他又善于将旧曲翻新，利用张骞从西域带回的《摩诃兜勒》[①]改编为二十八首“鼓吹新声”，成为乐府仪仗之乐。

李延年还是我国历史文献上最早明确标有作者姓名及乐曲曲名和对外来音乐进行加工创作的音乐家。他为武帝作《郊祀歌》十九首，成为皇家祭祀乐舞。他还把乐府所搜集的大量民间乐歌进行加工整理，编配新曲，广为流

① 摩诃兜勒：摩诃、兜勒是两个梵语词汇。“摩诃”是“大”的意思，“兜勒”乃古族名、古国名，有学者研究认为是“吐火罗”民族。

传，对当时民间乐舞的发展起了很大的推动作用。可以说，李延年对汉代音乐风格的形成及我国后来音乐的发展，做出了卓越的贡献。

史料对李延年早期的介绍极少，只提到他一家都是以乐舞为职业的艺人，年轻时的李延年因犯法而受了腐刑，也就是宫刑。从擅长歌舞这一点来推测，作为艺人的李延年身材相貌应当不差，后来汉武帝很宠爱他，李延年竟然到了可以“与上同起居”的地步。他所受的“腐刑”（宫刑）可能与男女情事（所谓“淫乱”）有关。“宫刑”最初就是为此而设的（但此酷刑却不上皇家显贵），后来才宽泛地成为统治者打击异己维护统治的重要刑罚。李延年是个“刑余之人”，受刑之后，被分配到宫中去养狗。

宫刑是古代一种残酷的刑罚。受了宫刑之辱的人，肉体和精神上都会遭受重大打击，与被砍了头的人几乎没有什么区别，“居则忽忽若有所亡，出则不知所往。”（司马迁语），只能是苟延残喘，凄苦一生。唯有极少数人能经受住这种屈辱，发愤图强，有所成就。比如和李延年同时代的司马迁。司马迁因为替孤军血战、矢尽道穷而投降匈奴的李陵将军说了几句公道话，触怒武帝而被处以宫刑。司马迁受刑后，反而激发了其“究天人之际，通古今之变，成一家之言”的志气，最终创作完成了中国第一部纪传体通史《史记》，成为千古之绝唱。

在受刑之后发愤图强这一点上，李延年与司马迁有相似之处。受刑之后的李延年，也没有就此消沉。在为宫廷养狗之余，李延年继续了他的音乐创作和歌舞。而且可能是因为受了宫刑的影响，刑后的李延年声音愈加甜美婉转，既有男性的雄浑，又具女性的柔美。受刑之后，李延年的容貌也更显清秀俊朗。

汉武帝刘彻对音乐也是情有独钟。他在掌管雅乐的太乐官署之外，还另外创立乐府官署，专门掌管俗乐，收集民间的歌辞入乐。由此可见汉武帝对音乐的重视和喜爱。

李延年因为精通音律，擅长歌舞，渐渐在未央宫有了一些名气，很快就被汉武帝发现。汉武帝一看李延年的音乐创作和歌舞表演，发现李延年是个人才啊，养狗实在可惜了。于是就改派李延年去做宫廷乐师。就这样，李延年成了宫廷乐师，有机会经常表演歌舞给汉武帝和大臣们看，渐渐得到了汉武帝的宠爱。但这个时候的李延年，依然强烈地感到自己和家族的社会地位卑下，总想着要改变命运。

怎么办呢？李延年想到了他的妹妹。

李延年的妹妹正值豆蔻年华，长得亭亭玉立、婀娜多姿，有沉鱼落雁之貌，闭月羞花之容。因为自小就受到哥哥李延年音乐歌舞的熏陶，她自幼便也擅长歌舞。人长得好看，又精通音律歌舞，使她与其他同龄女子比起来更增十二分妖娆。

李延年心想，只有把自己这个色艺俱佳的妹妹推荐给武帝，得到汉武帝的宠爱后，自己一家才能像卫子夫皇后一家那样成为当朝显赫的外戚。只有成为外戚，平民家庭才有机会晋爵封侯，这是彻底改变命运的捷径。

李延年之所以有这种想法，是因为在那个时候，卫子夫皇后的弟弟卫青和外甥霍去病都受到了武帝的重用，其中卫青官至大司马大将军，而霍去病则官至大司马骠骑将军，两人都是抗击匈奴的名将，掌握着天下兵马大权，声威显赫。当时京城里有歌谣说："生男无喜，生女无怨，独不见卫子夫霸天下。"意思是说，卫氏一门的显贵全靠了卫皇后。李延年也想像卫皇后一家那样，靠着自己的妹妹成为显赫一族。

但是妹妹与汉武帝实在是离得太远了，一辈子可能都见不上一面。李延年自忖，自己出身微贱，不便自言，何况就算自己能推荐上去，也多半难以引起武帝的注意。怎么办呢？李延年思索良久，灵机一动。他充分发挥自己的音乐才能，以妹妹为原型创作了《北方有佳人》：

北方有佳人，
绝世而独立。
一顾倾人城，
再顾倾人国。
宁不知倾城与倾国？

佳人难再得。

用现在的话来解读这首歌的歌词，意思就是：

北方有位姑娘，
美丽举世无双。
她往城郭一望，
将士弃甲投降；
她往君王一望，
江山乖乖送上。
难道不知危亡？
只因美丽无双。

自从创作了这首歌，李延年便利用自己宫廷乐师的身份，在皇宫中天天排练演唱。汉武帝的姐姐平阳公主和不少王公大臣都欣赏过李延年表演的《北方有佳人》歌舞，也都知道了李延年有个妹妹，就是歌中所说的那种倾国倾城的女子。这样，过了不多久的时间，宫中开始传唱《北方有佳人》。大家无不对歌中那位倾国倾城姑娘倾慕不已。渐渐地，这个风声就传到汉武帝的耳朵里去了。

一天，武帝在大殿内宴请群臣，畅饮之中，召来李延年。

武帝对李延年说：“听说你最近创作了一首新歌，今天就给朕和各位大臣表演一下吧。”

李延年知道机会终于来了，心中不禁一阵狂喜，他抑制住心中的激动，拿出了平生的绝学。

只见李延年长袖善舞如行云流水，歌喉婉转如百灵鸟鸣，把武帝和一众大臣看得是如痴如醉。当李延年唱完最后一句“佳人难再得”时，只见他衣袂飘飘，顾盼流离，一道对佳人充满憧憬的迷离眼光直射武帝，汉武帝和群臣感觉仿佛仍有绕梁的余音在耳旁回响，有美若天仙般的女子在眼前摇曳。汉武帝忍不住拊掌大叫三声：“好！好！好！”

紧接着，汉武帝就感叹道：“难道世上真的有这样的女子吗？”

武帝的姐姐平阳公主之前已经欣赏过李延年的表演，对李延年的妹妹有所了解，看到武帝的兴致如此之高，便顺势对武帝说：“我知道的确有这么个女子，她就是李延年的妹妹。”

武帝一听，欣喜异常，马上下诏召见李延年的妹妹，一看，果然是国色天香，不同凡响，真如歌中所描写的倾国倾城、美丽非凡。

李延年的妹妹在音乐的造诣上丝毫不逊于哥哥。她精通音律，擅长歌舞，悠扬婉转的歌声和翩翩欲飞的舞姿，在风韵、举止、言行等方面与那些来自名门闺秀的后宫嫔妃们相比，显得更加热情、奔放、热烈、主动，让汉武帝眼前一亮，产生了一种全新的感觉。汉武帝当即将其纳入宫中，不久就封为夫人。

李夫人自从进了宫，就成了汉武帝的最爱。爱到什么程度呢？用个形象的话来说，那叫“捧在手里怕摔、含在嘴里怕化”。自从有了李夫人，武帝竟然对后宫三千佳丽不屑一顾，日夜与李夫人厮守。后宫佳丽从此难见君王面。

有一天，汉武帝跟李夫人在宫中卿卿我我闲坐，忽觉头皮发痒，便顺手从李夫人的头上取下一枝玉簪搔头。这件事传到后宫以后，整个后宫的佳丽都东施效颦，模仿李夫人的样子，把头梳成“玉簪式”，在头上插着玉簪，以期得到武帝垂幸。后来，这种发式由宫中传到民间，一时间，长安城玉价倍增。这是“玉搔头”典故的来历。汉武帝对李夫人的宠爱由此可见一斑。

专宠一年后，李夫人为汉武帝生下一个儿子，取名刘髆。

常言道，自古红颜多薄命。没想到李夫人在生下刘髆之后不久，竟然一病不起。武帝心急如焚，遍召天下名医，为李夫人治病。可是，即便如此，李夫人的病也始终没有好转，慢慢地，李夫人开始形销骨立、容颜枯槁。

汉武帝这时候也是异常难过，经常到李夫人的寝宫来看望她。而每次只要见到武帝到来，李夫人就用被子蒙住脸，哭着对武帝说："臣妾病得厉害，容颜憔悴不堪，这副病怏怏的样子怎么能见陛下呢？"

汉武帝见此情景，忧伤不已。李夫人也呜咽起来："臣妾没有想到会病得这样严重。皇上请了那么多名医为臣妾治病，却没见好转。臣妾只怕已时日无多。可是臣妾实在是有太多的牵挂割舍不下啊。一个是我年幼的儿子，还有就是我那些兄弟们请陛下一定要善待啊。"说到这儿，李夫人已经泣不成声。

汉武帝一看，更加怜惜："假若真如爱妃所说，不能痊愈，那就更应该让朕见一面了。"可李夫人此时却态度异常坚决，继续推辞道："都说妇人的容貌未曾修饰，不可以见君父。臣妾实在不敢以这种轻慢懈怠的态度见陛下，请不要让我失了礼节。"

身为皇帝，何曾有人如此拒绝过他的要求？汉武帝这时已有了些许恼意，只见他微怒道："如果爱妃现在让朕见上一面的话，朕立即赏赐你黄金千斤，而且授予你的儿子和兄弟尊贵的官职，满足你的愿望，如何？"

尽管武帝的话已经说到这个份儿上了，但李夫人只是低低地啜泣："授不授官，是否答应臣妾的请求，这跟陛下见不见臣妾的面容没有关系。臣妾不肯见陛下，是怕陛下见到臣妾这个样子伤心失望。请陛下原谅。"

汉武帝听了这话，还是坚持一定要见她一面。但李夫人已在床上转过身背对着他，任凭武帝如何呼唤，只是叹息流泪，不再说话。

身为君王，竟然想见自己爱妃一面都不行。汉武帝一怒之下，拂袖而去。

汉武帝这一走，自然是满脸的不愉快。正巧李夫人的姐妹入宫来探病，见此情形，很是诧异，深感不安。等汉武帝走后，便到李夫人床前询问："陛下这么宠爱你，对你可以说是言听计从,你要是想把孩子和兄弟托付给他，就应该让他见你一面啊，这本来是很简单的事情，为什么要对陛下的意愿违忤到这种地步呢？"

李夫人叹了口气,幽幽地对姐妹们说:"你们有所不知。我不让陛下见我的原因，正是因为要把兄弟和孩子托付于他。我出身卑微，陛下之所以宠爱我，眷恋我，都是因为我的美丽容貌。自古以色事人者，色衰则爱弛，爱弛则恩绝。靠容貌得到的宠爱终究不能长久，一旦容颜衰去，青春不在，这宠爱自然会淡去。当陛下不再宠爱你时，也便不再有了恩情。现在我已经病重，容貌也不再像当年一样倾国倾城，陛下若是见到我此时的容貌，必然会对我心生厌恶，怎么还会答应我的请求，在我死去后照顾我的孩子和兄弟呢？"

从李夫人的这一番话中，可以看出，李夫人并不是一个空有外表的花瓶，而是一位有见地和胆识的女性。在她生命的最后时光里，她依然在用自己的智慧，为自己的孩子与兄弟铺就一条通向光明的大道。

不久，李夫人逝去。一代美人就此香消玉殒。结局果然不出李夫人所料，她病中拒绝与汉武帝见面的举动，反而激起了汉武帝对她无限的思念。汉武帝将李夫人以皇后礼安葬，还命画师将她生前的容貌画下来，挂在自己经常去住的甘泉宫中，以寄托哀思。

历代皇帝大都有个喜好，选择一个山清水秀的地方建一座行宫，用来度假休闲。汉武帝也不例外，他经常去的度假胜地是昆明池。昆明池在上林苑中，池中有豫章台、灵波殿以及一条石刻的鲸鱼。石鲸长三丈，每到天上下雨的时候，石鲸首尾皆动。昆明池东西各立一个石人：一是牵牛，一是织女，做成天河的样子。

李夫人死后不久的一天，汉武帝又来到了昆明池。时值秋日。汉武帝坐在舟中，见夕照西斜，凉风激水，一股莫名的伤感不禁涌上心头。触事怀人，他想起昔日李夫人陪同畅游上林苑的情景，她生前的种种美好仿佛仍历历在目。汉武帝触景生情，咏作新词一首，名《落叶哀蝉曲》，其词曰：

罗袂兮无声，
玉墀兮尘生。
虚房冷而寂寞，

落叶依于重扃。
望彼美之女兮，
安得感余心之未宁？

汉武帝在诗中描写了李夫人逝去后自己寂寥的心情和斯人不再的怀想，寄托了对李夫人无尽的哀思，听者无不唏嘘。

汉武帝咏完新词后，无限惆怅地对近侍说：“要是谁能帮助我再见到李夫人就好了。”

近侍东方朔连夜献上了一株草给汉武帝，说这种草名叫“梦草”，白天缩进地里，晚上才从地下钻出来。只要怀揣一片“梦草”入梦，就能梦见想见的人。

汉武帝按照东方朔所说，当夜即怀揣着梦草入睡。在半梦半醒之间，汉武帝感觉到纱帐中袅袅婷婷走进来一个女子，这个女子一身白衣似雪，半缕纱巾蒙面，满含泪水深情地望着武帝。一阵凉风吹来，将女子的面纱吹去，竟是李夫人。李夫人手携一物，赠予武帝，说道：“这是蘅芜香，送给陛下，希望陛下见之如见臣妾。”说完这话，女子随后就消失掉了。只剩下武帝在梦中呼唤：“爱妃别走，爱妃别走！”这一叫便惊醒了过来，原来是一场梦。

但武帝回忆起来，梦中情景真实可见，屋子里还留有一阵香气，芬芳经久不息。他记起李夫人梦中所赠的香，到处摸索却找不到。但是枕席衣襟，却不知怎么就沾染了香气。此后，汉武帝将自己的卧室取名为“遗芳梦室”，将那种草改名为“怀梦草”。足见汉武帝对李夫人的一往情深。

这一梦，更加激起了汉武帝对李夫人的思念之情。他听说有方士可以让死人还魂，便下诏召集天下最厉害的方士。有一位名叫李少翁的方士，毛遂自荐，向汉武帝保证能够招来李夫人的魂魄。汉武帝非常高兴，赶紧让他在宫中设坛招魂。这一夜，李少翁在汉武帝的寝宫中点起灯烛，设下帷帐，请汉武帝站立在另一座帐帷里观望。小半夜的道场做下来，汉武帝已经是疲惫不堪。正当汉武帝困倦不已时，只见那摇晃烛影中，隐隐约约有个身影翩然而至，一会儿又徐徐远去。汉武帝痴痴地看着那个仿如李夫人的身影，心中的思念和悲伤愈加浓烈，凄然写下“是邪？非邪？立而望之，偏何姗姗来迟”的诗句，武帝对李夫人魂牵梦绕的真挚情感可谓感天动地！

其实，方士招来的这个隐隐约约的身影，并非是李夫人的魂魄，只不过是方士利用灯光做的皮影戏，糊弄已处于浑浑噩噩、半癫狂状态的汉武帝罢了。但是，深爱李夫人的汉武帝就是信了。后来，汉武帝又作了首著名的《悼李夫人赋》，以怀念李夫人。其词曰：

美连娟以修嫮兮，命樔绝而不长。饰新宫以延贮兮，泯不归乎故乡。惨郁郁其芜秽兮，隐处幽而怀伤。释舆马于山椒兮，奄修夜之不阳。秋气憯以凄泪兮，桂枝落而销亡。神茕茕以遥思兮，精浮游而出畺。托沈阴以圹久兮，惜蕃华之未央。念穷极之不还兮，惟幼眇之相羊。函菱荴以俟风兮，芳杂袭以弥章。的容与以猗靡兮，缥飘姚虖愈庄。燕淫衍而抚楹兮，连流视而娥扬。既激感而心逐兮，包红颜而弗明。欢接狎以离别兮，宵寤梦之芒芒。忽迁化而不反兮，魄放逸以飞扬。何灵魄之纷纷兮，哀裴回以踌躇。势路日以远兮，遂荒忽而辞去。超兮西征，屑兮不见。寖淫敞恍，寂兮无音。思若流波，怛兮在心。

乱曰：佳侠函光，陨朱荣兮。嫉妒阘茸，将安程兮！方时隆盛，年夭伤兮。弟子增欷，洿沫怅兮。悲愁于邑，喧不可止兮。向不虚应，亦云己兮。嫶妍太息，叹稚子兮。懰栗不言，倚所恃兮。仁者不誓，岂约亲兮？既往不来，申以信兮。去彼昭昭，就冥冥兮。既不新宫，不复故庭兮。呜呼哀哉，想魂灵兮！

汉武帝的这首《李夫人赋》以浓墨重彩的手法，多层面表达了武帝对李夫人的怀念。赋分正文与乱辞两部分。正文主要通过幻想与追忆，抒发对亡妃李夫人的绵绵伤痛。赋的开头四句：“美连娟以修嫮兮，命樔绝而不长。饰新宫以延贮兮，泯不归乎故乡。”新宫已筑，而美好生命逝去就再也不能回来。表明武帝在哀悼李夫人的同时，对生命的短暂进行了深沉思考。接下来的“惨郁郁其芜秽兮，隐处幽而怀伤”两句，是对李夫人身处墓中凄惨境况的想象。在此，武帝不写自己如何伤怀李夫人的早逝，而是写李夫人的亡魂在墓室中为思念自己而心伤，这种想象大胆奇特，倍加抒发了武帝的无尽哀伤。而“秋气憯以凄泪兮，桂枝落而销亡”，以眼前秋景抒心中哀情，再次传达出对爱妃早逝的伤痛。在这种伤悼的心理引导下，武帝想象其灵魂脱离肉体，去寻找李夫人的踪迹，见到了“函荾荴以俟风兮，芳杂袭以弥章。的容与以猗靡兮，缥飘姚虖愈庄”的李夫人。如此神奇想象，如梦似幻，足见汉武帝对李夫人思念之刻骨铭心。

接下来的“燕淫衍而抚楹兮，连流视而娥扬。既激感而心逐兮，包红颜而弗明。欢接狎以离别兮，宵寤梦之芒芒”，由冥冥想象，转入对往日欢乐生活的追忆；由对往日的追忆,又回到眼前似梦非梦的幻境中。在此番幻境中，李夫人的身影是“忽迁化而不反”，或“哀裴回以踌躇”。以李夫人灵魂的不忍离去来表达武帝对夫人灵魂归来的强烈期盼。然人死不能复生，武帝最终在李夫人灵魂“荒忽而辞去”“屑兮不见”的幻境中，再次回到眼前阴阳相隔的残酷现实，“思若流波，怛兮在心”，无限伤痛，如流水连绵不绝。

乱辞中，描写了李夫人的兄弟和幼小的儿子伤悼李夫人的凄恻场景，极其感人：“弟子增欷，洿沬怅兮。悲愁于邑，喧不可止兮。向不虚应，亦云已兮。嫶妍太息，叹稚子兮。懰栗不言，倚所恃兮。”汉武帝对李夫人兄弟和稚子伤悼李夫人的哀恸场景进行描写，极富人情味。从中不难发现汉武帝虽为一代雄主，亦有普通人真挚感情的一面。尤其是乱辞在再次抒写对李夫人早逝的无限悲痛的同时，还表示将不负其临终所托，体现了汉武帝对李夫人的一片深情。

汉武帝的《李夫人赋》是中国文学史上第一篇悼亡赋，在辞赋题材方面具有开拓意义。这首赋辞触景生情，淋漓尽致地表现了汉武帝对李夫人的无限思恋。后来，汉武帝在给霍光交代身后事的时候，特别交代霍光要把李夫人的墓迁到自己的墓边上，让她继续陪伴在身旁。

汉武帝与李夫人这一段倾国倾城之恋，堪称是汉代版的“人鬼情未了”。

李夫人死后，汉武帝果然不负誓约，善待她的儿子和兄弟。李夫人的儿子刘髆后来被封为昌邑王；李夫人的哥哥李延年被封为协律都尉，主管朝廷音乐创作；李夫人的另一个哥哥李广利，精通弓马，先被封为“贰师将军”，率军夺取大宛国贰师城的汗血宝马，后又被封为海西侯。后来，在戾太子刘据因巫蛊之祸自杀身亡后，李广利联合亲家、丞相刘屈氂谋立刘髆为太子失败，刘屈氂被武帝腰斩，李广利投降匈奴后不久被杀，李家一族亦被诛杀。

尽管李广利家族被诛杀，但是，李夫人之子昌邑王刘髆却得以保全性命，而且依然当着他的昌邑王。后来，刘髆生有一子，即是刘贺。公元前 88 年，刘髆死后，武帝又让五岁的刘贺子袭父爵，成为第二代昌邑王。而刘贺后来的命运也正因为有汉武帝对李夫人的誓约而几次发生转折变化。

至此，刘贺的来历就比较清楚了。一句话，他是与汉武帝有着特殊关系的人。霍光在汉昭帝驾崩后，选择刘贺接皇帝位，这与汉武帝对李夫人的誓约有重大关联，也与汉武帝当年托孤时对霍光交待的身后事有直接联系。而在刘贺当了二十七天的皇帝后，霍光又决定把他废掉，将刘贺赶回昌邑老家，则是大家都没有想到的事。

霍光为什么能够决定对刘贺立与废的命运呢？要解开这个谜，请看下一章：成也霍光败也霍光——无奈的刘贺。

第三章

成也霍光败也霍光——无奈的刘贺

昌邑王刘贺身为汉武帝与李夫人之孙，原本是不太受人关注的。突然之间，却因当朝大司马大将军霍光的力荐，而成为皇位继承人，着实让大家吃了一惊。在昌邑王的位子上悠哉享受的刘贺本人做梦也没有想到，自己的命运已经在转瞬间发生了惊天变化。

本来群臣大多数是支持孝武皇帝仅存在世的儿子、广陵王刘胥继承皇位的，可当大司马大将军霍光的意见明朗时，大臣们又纷纷转而支持昌邑王刘贺。可见，霍光在当朝的影响力绝对是一言九鼎。即使是昭帝刘弗陵在世的时候，很多时候也得看霍光的脸色说话。

霍光在辅佐昭帝的十三年中，实际上掌握着当时汉室王朝的最高权力，除了不是名义上的皇帝，在权力上却与皇帝相差无几，甚至还管着皇帝。

为什么霍光能有如此大的权力，以至于能左右皇位的人选？这又得从汉武帝将霍光选为托孤之臣说起。

前文说过，由于“巫蛊之祸”，太子刘据最终自缢而亡。

汉武帝在得知真相以后，悲恸不已。这时候，武帝已经年老，却没了太子。当时还在世的几位皇子之中，燕王刘旦、广陵王刘胥因为失德不受武帝重视，而昌邑王刘髆因牵扯进李广利、刘屈氂谋立太子事件，也无缘太子之位。到最后，汉武帝能立为太子继承皇位的，只剩下最小的儿子、宠姬钩弋夫人赵氏所生的刘弗陵了。

关于刘弗陵的身世，颇有些传奇色彩。武帝晚年时，常常外出巡游。有一次路过河间国[①]的时候，有人对汉武帝说，"此地有一奇女子，紧握着双拳出生，虽年已十多岁，但紧握着的双拳却从未伸开过，而且此女貌美如花，世间罕见。"汉武帝一听，好奇心被吊起来了，立即下诏派人寻找。

没多久，随行的官员就将女子找来。汉武帝见女子容貌秀美，双手果然紧握着，忍不住好奇地伸手将女子的双拳轻轻一掰，女子的双拳竟然打开了，手掌心里有一只小玉钩。这名女子的拳头多少年来都没能打开过，却被武帝一下子就给掰开了，随行之人连说奇事奇事。汉武帝也觉得与该女子很有缘分，便将其带回皇宫。女子由此而得到汉武帝的宠爱，不久被封为夫人。因为带着玉钩出生，被称为钩弋夫人。

后世有人认为赵氏握拳藏钩，是当地官员和随行人员为取悦武帝而导演的一出好戏。因赵氏美丽动人，被一

① 河间国：古代地名，属于王爵藩国，今河南中南部。

些官员得知，趁着这个机会将她送给汉武帝，以讨汉武帝欢心。

晚年的汉武帝果然对钩弋夫人十分宠爱。公元前94年，钩弋夫人为六十三岁的汉武帝诞下一个皇子，就是后来的汉昭帝刘弗陵。刘弗陵与其母一样，还未“现身”便被蒙上了一层神秘的面纱。据说钩弋夫人怀胎十四个月才生下这个儿子，这点和上古的皇帝尧帝是一样的，传说尧帝当年也是经过十四个月的怀胎才被生下来。老来得子本是上天赐福，更何况这个儿子又是如此与众不同。汉武帝大喜过望，将钩弋夫人所住的宫门命名叫尧母门，对这个小儿子倾注了更多的关爱和宠溺。

虽说这个尧母门可能并没有什么特殊的政治意义，可是作为国君，汉武帝的任何行为，都会被人揣摩再三。汉武帝身边的一些人由此揣度武帝的心思，认为武帝偏爱小儿子刘弗陵，有立为太子的想法。于是便有了江充等酷吏陷害卫皇后和太子刘据的动机，最终促使巫蛊之祸发生。

汉武帝年老之时心中也清楚，自己终究得立个太子，才能保证江山社稷不会乱。汉武帝认为这个年仅五六岁的小儿子刘弗陵不仅身体强壮，而且聪明异常，很像自己少年之时，所以就特别宠爱。渐渐地，汉武帝开始有了立小儿子刘弗陵为太子的心。

心生此意后没多久，有一次汉武帝在甘泉宫休养，当时钩弋夫人也随侍在旁，武帝一反常态故意大声责备钩弋夫人。钩弋夫人惊恐不安，立刻摘下发簪、耳环，叩头请罪。武帝却丝毫没有怜悯，命人将钩弋夫人拉走，送到宫廷的监狱中。钩弋夫人不明就里，自入宫以后从未受过这种屈辱，顿时泪眼婆娑，回头看着武帝，恳求念在旧情上，能饶她一次。可武帝却丝毫没有露出惋惜的神色，只是说："快将她拉出去，朕再也不想看到她了！"

不久之后，钩弋夫人便被赐死。

一代佳人，无端被杀，朝臣大惑不解。有一天，汉武帝闲来无事时，询问身边的人，众人对钩弋夫人被赐死是不是感到震惊。身边的人回答说："确实如此，既然都要立钩弋夫人的儿子为太子了，为什么还要杀他的母亲呢？"汉武帝长叹着说道："这些都不是你们这些愚蠢的庸才所能懂得的。从古到今，国家起内乱的原因，大部分都是因为皇帝年幼，母亲骄横。子幼母壮，牝鸡司晨，终乱江山。"

原来，汉武帝想到，自己的小儿子刘弗陵尚年幼，若是即位后钩弋夫人以母亲的名义垂帘听政，把持朝政大权，那刘氏的江山又将陷于混乱，甚至被外人所夺。要知道，汉初之时，便有吕氏家族专权的先例。于是，汉武帝决意立子杀母，防患于未然。

虽然选定了刘弗陵为继承人，但汉武帝担心刘弗陵年幼，于是决定选一位自己放心的大臣辅佐他。以汉武帝的识人慧眼，他细察众大臣，只有霍光能担当重任。霍光跟随自己几十年，性格沉稳，从来没有办过错事，这是一个可以把幼子和国家托付给他的人。于是汉武帝便命令宫廷画师画了一幅周公背着成王受诸侯朝见的画赐给霍光，意思是要霍光准备好将来要好好辅佐幼主。

周公是西周初年著名的辅政大臣，大公无私，辅助年幼即位的周成王，为西周百年事业奠定了基础。汉武帝把这幅画赐给霍光，其中深意不言自明。

霍光是著名的骠骑将军霍去病同父异母弟弟。年少时由哥哥霍去病引荐进宫，先任郎官，随后迁任曹官①、侍中等。霍去病去世后，霍光升任奉车都尉②、光禄大夫等职位。

霍光为人沉着、稳重，处事审慎、周密，加上皮肤白皙，眉清目秀，一看就像是一个正派、谨慎的君子。他为奉车都尉出入禁宫二十余年，未尝有误，每次出入殿门，脚步都落在相同之处，旁人暗中仔细查看，发现每次竟然不差分毫。霍光二十余年如一日的小心谨慎博得了汉武帝的信任，两人之间甚至有了一种超出一般君臣之间的深厚感情。

汉武帝后期，大司马大将军卫青等名臣已经相继故去，由于巫蛊之祸的牵连，朝中许多能臣被杀。而霍光虽然官级低，没有太多功业，但由于他很老成，且性格宽缓、平和、稳健、谨慎，深得晚年汉武帝的中意。最终，汉武帝

① 曹官：古代官署属官的统称。

② 奉车都尉：中国古代官员名称。掌管皇帝所乘车辆。

选择了霍光作为托孤之臣。

公元前 87 年，已届古稀之龄的汉武帝病情加重。有一天，汉武帝召霍光和金日磾[①]等朝臣前来。霍光见武帝的病情如此严重，内心一颤，眼泪不由自主地哗哗流下来。

霍光哽咽着说："陛下，您可要保住龙体啊！泱泱大汉可一刻也不能没有您啊！"

仍然比较清醒的汉武帝这时很明确地对霍光说："先前，朕不是赐予你一幅周公背着成王受诸侯朝见的画嘛，难道你没明白朕的意思吗？朕意欲传位给太子，而你要像周公辅佐幼主那样辅佐他。"

霍光一听，甚为震惊，赶紧跪下叩头，说："臣不堪此重任，还请陛下收回成命，不如选择金日磾大人。"

金日磾则推辞说："臣是匈奴人，若是那样，会让匈奴轻视汉朝，还是霍大人最合适。"

最后，汉武帝任命霍光为大司马大将军，金日磾为车骑将军，太仆[②]上官桀为左将军，治粟都尉[③]桑弘羊为御史大夫。他们都在汉武帝卧室床前下拜受封，接受遗诏辅佐少主刘弗陵。

汉武帝随后又单独给霍光交待了几件事，第二天就去世了。按照汉武帝的遗诏，年仅八岁的太子刘弗陵登基

① 金日（mì）磾（dī）（公元前 134 年—公元前 86 年）：字翁叔。西汉时期著名匈奴族政治家。

② 太仆：中国古代官员名称。主管皇帝车辆、马匹，兼管官府的畜牧业。

③ 治粟都尉：中国古代官员名称。掌管生产军粮等事。

为帝，便是汉昭帝。国家大事统统都由霍光代为决断。

身为托孤之臣，霍光接受汉武帝遗诏后，担负起辅佐幼主、治理国家的重任。他心忧汉室江山社稷，时刻关注朝廷安危，勤恳谨慎，丝毫不敢懈怠，成为国家柱石之臣。

在经过汉武帝时期的穷兵黩武、劳民伤财后，霍光以“匡国家，安社稷”为己任，制定了一系列安抚百姓的办法。第一，要各郡县推荐贤良的人才；第二，查办失职的官员；第三，为受诬陷的人申冤；第四，安抚疾苦的贫民。

为了发展农业生产，每当春耕时，霍光就派人到各地去查看生产情况，让地方政府把种子和粮食贷给缺粮少籽的贫民。到了秋收时节，他又下诏说：“春天借给贫民的种子、粮食，不再收回了，今年的田租税也一概免了。”贫苦百姓接到朝廷的诏令后，喜出望外地奔走相告，说：“又一个汉文帝来了！”后来，百姓们知道这一切都是大司马大将军霍光辅佐朝政后的善举，对他大加赞赏，霍光的威望日益高涨。

然而，霍光当政，也招来了其他想争权的朝廷大臣的怨恨。第一个政敌就是左将军上官桀，他也是汉武帝的托孤大臣。

上官桀和霍光本是儿女亲家，他的儿子上官安娶了霍光的女儿。上官桀的孙女（即霍光的外孙女）和昭帝刘弗陵年龄相仿。为了能成为外戚后谋求更大的权力，上官桀想把孙女嫁给昭帝，这样将来有望立为皇后，自己也将成为汉室最显赫的外戚。上官桀父子为此事和霍光商量，霍光却说："你的孙女，也是我的外孙女，现在才六岁，这么小就送进宫中去，很不合适，朝中的其他官员会有非议的。"虽说，无论是为国，还是为了他的外孙女，霍光此举都是出于好意，可上官桀和其子上官安却为此事结怨于霍光，处处给他找麻烦。

上官桀父子被霍光拒绝后，并没有死心，而是想办法另找门路，一心要把六岁的女儿送进宫中去。彼时汉昭帝母亲已死，他的生活由姐姐鄂邑长公主[①]照顾，而且昭帝一直很听鄂邑长公主的话。于是，上官桀就托鄂邑长公主的情夫丁外人在公主旁边鼓动昭帝娶亲一事。鄂邑长公主听了丁外人的话，自然同意。昭帝此时也只是一个小孩子，见姐姐鄂邑长公主同意了，也就不反对。这样上官桀的孙女顺利入了宫，只几个月的时间就被立为皇后。

这样一来，上官桀父子就成了皇亲国戚，在朝廷更加位尊势盛了。上官安因女儿贵为皇后，而被升为车骑将军，封桑乐侯。上官桀父子非常感激鄂邑长公主和丁外人的帮助，总想加以报答，于是就想为丁外人请求封侯。当

① 鄂邑长公主：汉武帝刘彻之女，武帝朝封为鄂邑公主，昭帝朝封为长公主。为汉昭帝刘弗陵同父异母的姐姐。

他们与霍光商量此事时，霍光却以前朝定下的“无功不得封侯”的规矩给回绝了。

霍光坦率地对上官桀说：“太祖高皇帝在世时就立下了‘无功不得封侯’的规矩，现在丁外人没有为朝廷立什么功，你们要封他为侯，又拿不出为他求封的理由，这怎么能行呢？”不论上官桀父子怎么说，霍光就是不同意。

上官桀无可奈何，只得降低要求说：“那就封丁外人为光禄大夫总可以吧！”

霍光不顾情面断然地拒绝说：“那也不行，丁外人在朝廷里声名狼藉，什么官爵都不能封，请你以后不要再提了。”

上官桀父子在霍光那里几次碰壁，又气愤又羞愧，就跑到鄂邑长公主和丁外人那儿煽动说：“霍光这人，对丁外人有很大的意见，还说就是不封他为官。”这下，鄂邑长公主和丁外人也把霍光恨得咬牙切齿。

为了拔除眼中钉，他们想办法排挤霍光。上官桀父子和鄂邑长公主等人开始暗地里联络朝中反对霍光的力量。

当时还有个托孤之臣是担任御史大夫的桑弘羊。在汉武帝时期，他曾建议创立盐铁官营、酒类专卖等制度，为朝廷增加了财富。加上他又善于理财，多次给国家开辟财源。有了这份为朝廷立过大功的资本，桑弘羊就想靠着以前自己的功绩，为子孙在朝廷里谋求一官半职。可霍光对桑弘羊的请求也不答应，并说：“你有功劳，朝廷赏赐你是应该的，但是你的子孙不能靠你的功劳做官，他们必须凭自己的本事才行。”

晚年的桑弘羊居功自傲，在政见上和霍光已发生了严重分歧，现在又从自己的私利出发，提出没有道理的要求被霍光拒绝后，认为霍光是有意刁难，气愤不已。

这样一来，霍光在朝中树立的政敌越来越多。他们一个个都谋划着，想把霍光扳倒，好掌控政权。但是，当时霍光的权力太大，他们的力量太薄弱，难以与霍光力敌。这时，他们想到了联合燕王刘旦。刘旦也是汉武帝的儿子，曾自荐太子，结果反被汉武帝严厉惩罚了一番。没有当上太子和皇帝，刘旦心里一直是怨恨不已，当然想把刘弗陵赶下皇位，自己当上皇帝。于是，反对霍光的势力和燕王刘旦相勾结，密谋策划先挤垮霍光，再废掉昭帝，拥立燕王为帝。燕王刘旦一听，心花怒放，恨不得马上当皇帝，于是催上官桀等人早点想办法动手。

有一天，霍光出长安城去检阅御林军操练，并且调了一个校尉[①]到大将军府里来工作。上官桀等人认为这是整垮霍光的好机会，于是乘机假冒燕王刘旦的名义给昭帝上疏，状告霍光。说霍光出城集合御林军操练，一路上耀武扬威，坐着皇帝出巡一般的车马，违反礼仪规定，丝毫没有臣子的样子。还控告霍光擅自做主，私自调用校尉，图谋不轨。

① 校尉：汉朝时的武官，仅次于将军的官职。

上官桀等霍光出宫休假时,将这份奏书呈报给了昭帝。上官桀打算待昭帝批阅之后，乘机把这事交给下面主管部门处理，桑弘羊则与其他大臣一起逼迫霍光辞官。

昭帝看了诏书,想了很久,最后却将奏章搁置在一旁,不做任何批复。上官桀等了半天，却见皇帝什么反应也没有，就入宫探问情况。可昭帝只是微笑，并不作答。

第二天霍光上朝，听说了自己被燕王刘旦状告的事。虽然他素来沉稳，但此时也不免有些担心，就前往殿西画室中坐等消息。画室里挂着的正是周公辅成王的图画，霍光在这里坐着，自有深意。昭帝一上朝，没有看见霍光，马上问:“大将军怎么没来上朝？”上官桀立即回答说:“大将军因被燕王告发，心虚不敢进来了。”昭帝于是派人去请霍光进来。

霍光怀着忐忑不安的心情入朝，脱下帽子叩头请罪说：“老臣罪该万死！请陛下治罪。”

昭帝当着满朝文武的面,对霍光说:“大将军戴上帽子,请起来。朕知道这封告状信是假的，你没有过错。”

霍光听了小皇帝的话后，又惊又喜，便问昭帝：“陛下怎么知道信是假的呢？”

昭帝说：“你出京城去阅兵，只是最近几天的事，调用校尉也不过十来天，可是燕王远在北方，怎么就知道了呢？就算知道了，马上写信派人送来，现在也到不了。如果大将军真的要作乱，也用不着调遣一个校尉。这件事明摆着是有人想陷害你。”

这时汉昭帝刘弗陵才十四岁，他对这件事情的分析和处理，让霍光和朝臣们都很惊讶。

而随后，那个上疏的人果然逃跑了。于是昭帝下令紧急追捕逃犯。上官桀等人焦急不安，怕查下去会暴露自己的阴谋，就劝昭帝说：“这点小事算了，不必再追查了吧！”而昭帝不仅没有松口，反而更加疏远上官桀等人了。

上官桀等人陷害霍光的目的没有达到，却也没有就此罢休。他们还是经常在昭帝面前说霍光的坏话，昭帝不仅不听他们的，反而大发脾气，警告他们说：“大将军是忠臣，先帝临终前托他辅佐朕治理国家。他办了很多好事，这是臣民有目共睹的。以后再有人诽谤他，朕一定要从严惩处了。”这样一来，上官桀等人想借昭帝之手来除掉霍光的阴谋就破产了。

上官桀等人的阴谋被揭穿之后，准备发动武装政变。他们计划，由鄂邑长公主设宴邀请霍光，命埋伏的兵士将霍光杀掉，废除汉昭帝。

鄂邑长公主门下管理稻田租税的稻田使者燕仓知道了他们的阴谋，向大臣杨敞告发，杨敞密告了谏大夫杜延年。于是昭帝、霍光掌握了上官桀等人的武装政变计划。在政变未发动之前，昭帝和霍光先发制人，将上官桀、桑弘羊等主谋政变的大臣统统逮捕，诛灭了他们的家族。长公主、燕王刘旦自知不得赦免，先后被赐死，自杀身亡。九岁的上官皇后因为年纪幼小，又是霍光的外孙女，所以未被废黜。

平定政变内乱后，霍光得到汉昭帝刘弗陵的全面信任。不但霍光权倾朝野，“威震海内”，他的儿子霍禹、侄子霍云还是统率宫卫郎官的中郎将；霍云的弟弟霍山官任奉车都尉侍中；两个女婿分别担任东宫和西宫的卫尉，掌管整个皇宫的警卫；堂兄弟、亲戚也都担任了朝廷的重要职位，形成了一张盘根错节、遍布西汉朝廷的庞大的势力网。至此，霍光已经成为当时实际上的最高统治者。

昭帝在位十三年，在霍光的辅政下，政权得到进一步巩固，为后世社会的安定和发展都奠定了一定基础。霍光采取与民“休养生息”的措施，多次大赦天下，鼓励农业，使得汉朝国力得到一定的恢复：比如请德才兼备的人到朝廷来任官，以补官员的不足；严惩违法犯罪的人，而对百姓却尽量宽和，让百姓能够休养生息；对外也缓和了同匈奴的关系，恢复了和亲政策。

这段时期和后来的宣帝一朝被史上合称“昭宣中兴”。史家认为，西汉自文景之治后，武帝所耗空的国力在这段时间得到了较好的恢复，一度国力衰退的西汉王朝又兴盛起来。

作为汉武帝亲自选定的辅政大臣，辅佐昭帝刘弗陵的霍光毫无疑问是个忠于汉武帝、忠于汉室江山的忠臣，是个能够担当匡扶社稷重任的能臣，却也是个善于玩弄权术的权臣。他在辅佐昭帝期间，可谓权倾朝野，一手遮天。在辅佐刘弗陵的十三年间，霍光虽深受昭帝刘弗陵的信任，但与昭帝之间也有很多矛盾。

昭帝九岁时，还是个孩童。这时他刚刚登基不久，派人修建了一座“淋池”。方圆有好几百米，栽种着许多美丽的荷花，叫作“低光荷”。其叶子宽大而美丽；花香四溢，竟可以传出十几公里。池中还有“倒生菱”，因为池底的泥是紫色的，所以又称为“紫泥菱”。昭帝非常喜欢“淋池”，常常与宫女们乘着船，通宵达旦在这里游玩，还让宫女唱歌取乐。爱玩是孩童的天性，昭帝从小生长于宫廷之中，突然能够玩得这么爽快，自然是非常愉快。可是没有多久，便有许多大臣纷纷进谏，说：“陛下不该沉溺于安乐。”昭帝不得不就此作罢。后来“淋池”被荒弃，荷花也残败不堪，最后被填埋，就此消失。而能让这么多大臣都纷纷进谏扫皇帝的兴的，自然也只有大权在握的霍光了。

昭帝被霍光所管制的不仅体现在玩乐上，在后宫之事上，他也被霍光干涉。那位上官皇后六岁进宫，在上官桀造反失败后，虽然没有被废，却也被昭帝冷落。可霍光却希望自己的外孙女上官皇后能为昭帝所专宠，以巩固自己家族的外戚权势。他不仅限制昭帝的嫔妃进御，还用各种方式防止昭帝与宫女偶有欢爱之事发生。这也直接导致了最后昭帝没有子嗣。

除此之外，在两人意见相左的时候，霍光也会对昭帝毫不留情地批驳。金日磾也是汉武帝的托孤之臣，承担了辅佐年幼的昭帝的重任。金日磾可以说是一生勤勤勉勉，为朝政和国家作出了很多的贡献，为人又笃厚谨慎。可惜，在昭帝即位一年多之后，金日磾便患上重病，最终去世。金日磾有两个儿子，名叫金赏、金建，和昭帝年龄相仿，而且是好朋友，经常在一起玩，有时还住在一起。昭帝见他们的父亲死了，就想按私情来照顾他们。昭帝与霍光商量说："金日磾有功于国家，金家的两兄弟，不妨都封他们为侯吧！"

霍光则说："年龄大的金赏已继承了他父亲的爵位，被封为侯了，这是按制度办事。至于金建，就不能封侯了。"

年幼的昭帝不把霍光的话当回事，笑着对霍光说："朕是皇帝，想要封他们为侯，还不是朕的一句话，这又不是什么了不起的大事。"

霍光立即正色地说："'无功者不得封侯'，这是太祖高皇帝立下的规矩，陛下怎么能轻易更改呢？"这一下，一点情面都没有给昭帝留。最终，事情也没有如昭帝的意思办成。

汉武帝最初托付霍光，送给霍光"周公背成王"的那幅画，意思是说要让霍光辅佐刘弗陵，待到刘弗陵长大以后，再将朝政归还。可到了刘弗陵行成年冠礼理应亲政时，国家的政事依然如前，由霍光决断。

虽然霍光认为昭帝的身体虚弱，不足以承担亲政的劳累，自己这样做是为昭帝好。但霍光迟迟没有还政的做法，还是被大臣们所诟病。昭帝在位十三年，大多数时候，更像个傀儡皇帝。

武帝晚年之时，念念不忘李夫人临终时的嘱托，并在自己临终之时又将这份嘱咐转托付于霍光。霍光在昭帝即位以后，按照武帝遗愿为汉武帝早卒的宠妃李夫人配祭宗庙，追加尊号为“孝武皇后”，将李夫人墓迁至武帝的陵墓“茂陵”作为陪葬墓。对于武帝的临终嘱托，霍光不仅尽心尽力辅佐幼主刘弗陵，还遵从汉武帝的遗愿，善待了李夫人的后代刘贺这一脉。昭帝刘弗陵突然驾崩之后，霍光更是将刘贺推上了帝位。在这一点上，霍光对汉武帝的忠心是日月可鉴，令人感动。

然而，让人没有想到的是，刘贺在被霍光扶上帝位后，却仅仅只做了二十七天的皇帝。那个当初把刘贺扶上帝位的霍光，又把刘贺赶下帝位，让刘贺经历了一次从大喜到大悲的惊天转折。

刘贺为什么会经历从大喜到大悲的惊天转折，霍光为什么在选立刘贺为帝之后又坚决地废了他？要解开这个谜，请看下一章：年少易轻狂——昌邑王刘贺。

第四章

年少易轻狂——昌邑王刘贺

前文说到，昭帝刘弗陵突然驾崩后，霍光力排众议，拥立昌邑王刘贺为帝，但不到一个月的时间又把他给废了。霍光让刘贺经历了从天堂到地狱的人生惊天大转折。事情为什么会弄成这个样子呢？这要从刘贺在昌邑国的时候说起。

公元前 88 年，汉武帝刘彻与李夫人所生之子、贰师将军李广利的外甥、昌邑王刘髆去世。刘髆自公元前 97 年受封昌邑王，到公元前 88 年正月去世，去世后谥号哀。刘髆去世后，他唯一的儿子刘贺继承了昌邑王位，继位时才五岁。

刘髆是武帝的第五个儿子。当时因为武帝已经立长子刘据为太子多年，继承皇位之类的事情自然就轮不到刘髆。刘髆倒也乐得安闲，在昌邑王位上每日读书、游玩，过着养尊处优的生活。哪知道，经过一连串的宫廷变迁，武帝的几个儿子，死的死，受惩罚的受惩罚，最后刘髆竟然成为皇位继承人的有力竞争者。于是刘髆的舅舅贰师将军李广利与当丞相的亲家刘屈氂谋划，试图把他推上太子位。此事让武帝知道后，沉浸在丧太子之痛中不能自拔的汉武帝不仅将丞相刘屈氂腰斩于市，还一怒之下将李广利家族尽数斩杀。

要说刘髆本人倒是比较本分的。他虽然很早便被封王，但由于长期生活在孔孟之乡的齐鲁之地，深受儒家忠君思想的熏陶，对朝廷忠心耿耿，行为谦卑，丝毫不敢有忤逆之心。尽管李广利联合刘屈氂谋立他为太子一事以失败而告终，但刘髆本人并没有受到什么牵连。一方面可能因为他是汉武帝最挚爱的李夫人之子，武帝曾经对李夫人有过誓约要善待她的后人；另一方面可能也得益于他不像燕王刘旦那样有觊觎最高权位之心，武帝对他比较放心，所以没有让他受到李广利和刘屈氂谋立太子事件的牵连。可是经过这么一遭，眼见自己可以依靠的舅舅李广利被族灭，刘髆整日郁郁寡欢。最后，竟在公元前 88 年去世，比他的父亲汉武帝还要早去世一年。刘髆去世后，其子刘贺继承了昌邑王位。

刘贺是刘髆唯一的儿子。据说，当年刘贺出生时哭个不停。刘髆把孩子抱起来后，说也奇怪，刘贺这孩子在刘髆的怀中不哭不闹，而且睁眼盯着父亲，神情愉悦。刘髆好奇地仔细端详，只见这孩子虎头虎脑，双目黑亮有神。更让刘髆感到欣慰的是，这孩子的长相似乎继承了汉武帝和李夫人的优点。壮实的体格、宽阔饱满的前额、轮廓分明的线条来自汉武帝，而浓眉下那对活泼灵动的眼睛则像极了李夫人。刘髆紧紧抱着儿子，为感恩上天赐予的这份贺礼，为爱子取名为“贺”，在对他宠爱有加的同时，也寄予了很大的期许。

刘贺很小的时候，刘髆就开始对他灌输孔孟之道，对幼小的刘贺管教得一直比较严厉。但刘贺的母亲则刚好和刘髆相反，对刘贺自小就百般溺爱。

武帝时期“罢黜百家，独尊儒术”，位于山东巨野的昌邑国儒风盛行。刘贺生于斯长于斯，从小接受皇族的孔孟之学，熟读五经，崇尚孔孟之道，宽以待人。作为将来昌邑王位的继承者，刘髆对他的学习要求严苛，为他请了最有学问的老师授课，经常灌输他“仁者爱人”等大同思想，培养他仁、义、礼、智、信等性情德行。虽然每每一脱离父亲的视线，刘贺就会在母亲的娇宠下尽情玩耍，但五岁之前的刘贺在父亲的管教下，还是比较乖巧本分的。

太子、皇帝，这种事情对于幼小的刘贺来说远远没有玩耍更具吸引力。直到有一天，他随父亲参加了汉武帝的泰山封禅[①]大典。威武雄壮的封禅礼仪让幼小的刘贺对帝王的威仪有了直观的感受，也使他第一次走进了汉武帝和霍光的视野。

在中国古代，每一次的封禅大典都像是一次盛大的

① 封禅：封为“祭天”，禅为“祭地”，是中国古代帝王在太平盛世或天降祥瑞之时的祭祀典礼，较为著名的封禅大典主要有秦始皇的泰山封禅和汉武帝的泰山封禅。其中，汉武帝的封禅次数最多，前后共到泰山封禅六次。

国庆，各诸侯王和朝中大臣随驾参加，万民争相观礼。史学家司马迁之父司马谈因病未能随行参加汉武帝的封禅大典，作为太史官的他终生都感到遗憾。司马谈临终前“执迁手泣”而悲叹道：“今天子接千岁之统，封泰山，而余不得从行，是命也夫！命也夫！”这番话让司马迁刻骨铭心。

后来司马迁搜罗封禅史料，在《史记·封禅书》中，开篇就写道，封禅大典“厥旷远者千有余载，近者数百载，故其仪厥然堙灭，其详不可得而记闻云”。可见，封禅大典对于当时社会的巨大影响力。很多人把能参加封禅大典视为光宗耀祖之事。

因为昌邑国封国所在地就在山东，刘贺于是有幸在幼年时参加了汉武帝人生中的最后一次封禅。

公元前 89 年，山东泰山，时值秋季，天色微明，秋风瑟瑟，寒蝉凄切。前往泰山的道路早早被威严的侍卫站满，戒备森严。泰山下已用五色土做好坛，坛宽一丈二，高九尺，坛上放着进贡礼节用的奇兽飞禽和白雉，坛下放着玉简。坛前长长的红毯也已铺好，焚香缭绕，婉转儒雅的乐舞声萦绕在整个泰山上。盛大恢宏的泰山封禅仪式即将开始。

不远处，一行被仪仗扈从[①]前拥后簇、车乘相衔、旌旗猎猎的队伍浩浩荡荡地行进过来。正中央，一辆耀眼的

① 扈从：随从。

玉辂[1]正是武帝的乘辇。随着宣召官一声“趋”，功臣、列侯、将军顿时一片肃穆。武帝出房开始祭天仪式，诸侯王以下至领六百石薪金的吏员开始依次行礼。

幼小的刘贺与父亲一起站在诸侯王当中，兴奋好奇地看着眼前的一切。

别看平日里小刘贺顽劣成性，但在这隆重威严的场面里却格外地拘谨肃然。他跟随父亲与诸侯王一起行礼，鞠躬，唱诵，各种仪式礼节竟丝毫不逊于旁人。小刘贺大方得体的举止引得众人暗暗称赞。

泰山封禅结束后，按规制举办晚宴。诸侯王以及朝中大臣按照地位尊卑依次向武帝朝贺。小刘贺竟也拿起小酒杯步出座位，来到武帝跟前，用稚嫩的童音说道：“孙儿刘贺敬皇爷爷千秋万福！”

汉武帝在之前的祭祀典礼上本就注意到了幼小的刘贺，对他在封禅大典中从容不迫的举止印象颇为深刻。这会儿见刘贺在文武百官齐聚的晚宴上竟然也像一个小大人一样，武帝不禁大乐，赞道：“果真是生长在孔孟之乡，很懂礼节啊。”转而对侍奉左右的霍光说道，“你说是不是？”

霍光赶紧迎合道：“殿下小小年纪，在这盛大的典礼中能做到如此泰然，真让人敬佩！”随后对刘贺行了一个大礼。

① 玉辂：古代帝王所乘之车，以玉为饰。

当时的刘贺绝对想不到，这位沉默寡言、如影随形地跟着皇爷爷的人，在后来竟然是操控着自己命运的关键人物。这也是霍光第一次正视刘贺，对刘贺有了初步的印象。

这次封禅大典在幼小的刘贺心里深深地留下了一个烙印。他第一次深切地感受到了大汉皇帝的威仪，幼小的心里竟然开始有了像皇爷爷武帝那样睥睨天下的憧憬。

经历了这次泰山封禅后不久，刘贺的父亲刘髆去世。五岁的刘贺继任了昌邑王位。此后不久，小刘贺又再次引起了汉武帝的注意。

次年的岁暮寒冬，鹅毛大雪漫天飞舞，正是岁旦时分。各地诸侯王按照惯例进宫，向年迈的武帝贺岁。刚刚接任昌邑王位不久的小昌邑王刘贺也在属臣的陪伴下进了宫。

在漫天飞舞的大雪中，等候武帝召见的诸侯王们都拢着双手，围着火盆不愿离开一步。但是五岁的刘贺看到纷飞的大雪却欢呼雀跃。待雪稍停，刘贺便让侍臣陪他去雪地里比赛堆“将军”，谁堆的雪人最像将军，谁就可以扮演皇帝。不一会儿，其他人受不了手冷，为图个快，马马虎虎地就完工了，刘贺却越堆越来劲。结果，大家一致认为，刘贺堆的这位长着胡子、挂着宝剑的“将军”最为活灵活现，他当之无愧获得了第一名。

“我像皇爷爷一样当皇帝喽！我像皇爷爷一样当皇帝喽！”小刘贺得意扬扬地欢呼起来。

“喂,你们都跪下,听皇帝圣旨。”他学着汉武帝的腔调,摆好皇帝的架势，还“嗖”地一下抽出“宝剑”，指着大家说：“我要像皇爷爷一样当一个威风凛凛的大皇帝，建立我大汉朝千秋大业！”

小刘贺堆雪人扮皇帝这一幕碰巧让已近古稀之年汉武帝给看见了。武帝从刘贺有些顽皮又不失率真的行为中,仿佛看到了自己儿时的影子，便把刘贺招到跟前来。而刘贺见到真的皇帝也不敢叫闹了，连忙给武帝跪下。

武帝仔细打量刘贺，认出了封禅大典时的那个幼小的孙儿：“哈哈，你是贺儿，又长高了不少。”

刘贺倒也大方，赶紧行礼道：“孙儿参见皇爷爷，皇爷爷万岁万岁万万岁！”

汉武帝近距离凝看刘贺，只见一张带着稚气的白皙的脸庞，肉嘟嘟的，可爱得很。晶亮的眼睛，闪闪发光。嘴角微微上扬，有一种天生的傲气。眉宇之间，武帝似乎看到了已故爱妃李夫人的影子,遂忍不住慈爱地问道:“你这样不冷吗？”

刘贺赶紧回答道：“不冷，我是男子汉，不怕冷。”这个回答让武帝很是赞许：“嗯，男儿当如此。你平时读书吗？”

小刘贺接着回答说：“读啊。父王以前经常带我到孔庙里向一个长胡子爷爷叩头,那个长胡子爷爷是孔圣人。父王说给孔圣人下跪就会读书，还让我背他的书。”

“那你都会读什么呢？”

“仁者乐山，智者乐水。我喜欢玩水，我是不是也是个智者啊？”这番话逗得年迈的汉武帝哈哈大笑起来。

此后，武帝不禁对这个顽皮率真的小孙儿起了宠爱之心。刘贺在长安皇宫的时候，武帝常让他陪伴左右，有时巡游狩猎也被武帝带在身边。这让刘贺得以和汉武帝在一起度过了一段时间，也使武帝身边的霍光对幼小的刘贺有了直接的接触和认知。

本来，幼小的刘贺如果在武帝身边的日子能够长一些的话，他是有可能学到些许治国之道的。然而不幸的是，他的皇爷爷武帝不久后就驾崩了。公元前 87 年 2 月，汉武帝驾崩于五柞宫，享年七十一岁，三月葬于茂陵。

作为继任的昌邑王，刘贺经历了武帝盛大的国丧之礼，幼小的心灵再次经受了强烈的震撼。皇爷爷的离去，他感到好像天塌了一般，不到六岁的刘贺很是忧伤了一阵。

刘贺五岁丧父，不到六岁，他最崇敬的皇爷爷武帝又驾鹤西去。幼小的昌邑王刘贺，在短短一年多的时间内，经历了人生两次大的变故。刘髆去世下葬时没有像当时其他诸侯王那样厚葬，仅仅带走了一千多件青铜器、玉璧等较为普通的陪葬品，而将所有贵重一些的财产，包括朝廷赏赐的马蹄金和舅舅李广利当年馈赠给自己的马蹄金，都留给了刘贺。真是可怜天下父母心啊！刘贺的母亲怜悯刘贺幼年丧父，对他更加百依百顺，宠溺异常，生怕他受一点点委屈。而对于刘贺身上表现得越来越明显的不爱学习、喜爱玩乐的性情，却基本上是放纵不管，偶尔唠叨几句，也根本起不到丝毫的作用。

刘贺十岁的那年，母亲也因病故去。母亲健在时，小刘贺不仅能耍点小脾气，很多事情也是母亲帮忙出主意、做决定，他不需要花什么心思。可如今，孑然一身的刘贺没有了双亲的呵护与指教，只能自然成长了。虽然他才年仅十岁，但当年辅佐父亲刘髆的不少谋臣仍留在身边为他出主意，这使得小刘贺能够操持处理昌邑国的大小事务。

公元前 81 年夏末的一天，终日陪伴在刘贺身边的老师王式问刘贺："大王，八月将至，祭祀高祖庙的活动快开始了，这次派何人前往京城向陛下进贡酎金呢？"小刘贺一脸茫然："酎金为何物？寡人此前并未听说过此事啊！"王式耐心地解释道："大王，'酎'是指皇上祭祀时喝的一种酒。孝文帝时，每年秋八月要在京城祭祀高祖，皇上要献饮酎酒。同时，诸侯王都要献金助祭，这种助祭的献金就被称为酎金。当年孝武帝制《酎金律》，诸侯王、列侯都要根据自己的封地内人口数量献上酎金，每一千口献酎金为四两。所交酎金，由皇上亲临受金，但是检验则交由少府负责。"

刘贺一听要向京城里的皇帝献金子就有点纳闷了，连忙问王式："陛下坐拥广阔疆域，物华天宝皆为囊中之物，宫中金银财宝不计其数，怎么还需要我们王侯每年进贡如此多的金子呢？"王式听到刘贺问出如此天真的问题，感到又好笑又担忧，他在心里嘀咕着，该如何让这个不谙世事的小大王明白其中要害呢？

王式斟酌了一下，想起了一件旧事，于是他笑着对刘贺说："大王，请允许臣下先讲一个故事。孝武帝元鼎五年，诸侯王、列侯去京城献'酎金'，由于有些王侯偷工减料，'酎金'的分量不足和成色不好，您的皇爷爷大怒之下废除了列侯106人……"

刘贺一听到"皇爷爷"三个字立刻警醒了，还没等王式把故事讲完，他立马接过话茬："既然是让皇爷爷如此重视的事情，那我们一定要好好地办。"然后他伸出小手，摆弄着指头，认认真真地计算着什么。过了一小会儿，刘贺对王式说："还有四十余天就要进京献酎金了，金饼和金块可有准备好？"王式很快回答道："大王放心，一切已经安排妥当，就等大王安排使臣了。"

小刘贺的脑中还回荡着王式讲的故事，"分量不足""成色不好"这两个词就像一个警钟，在他的耳边嗡嗡地响着。"我们的酎金数量有多少？成色如何？往年进贡时可曾让陛下不满意吗？……"噼哩啪啦抛出一连串问题的刘贺不等王式回答，就又自言自语说道："还是带我亲自去看看那些酎金吧！"

王式陪着刘贺来到钱库中查验准备献祭的酎金。刘贺仔细掂量着手中的金饼，瞪着圆溜溜的大眼睛，左瞧瞧，右看看，还将金饼的一个小角塞进嘴里，用还未完全换完的乳牙咬了咬……经过一番“专业”鉴定，刘贺得出了结论：“不行不行，我们的酎金成色还不够好，本昌邑王献祭的必须是成色最好的酎金。”

这下轮到王式纳闷了：“大王，这些酎金就是用昌邑国目前最高的技艺冶炼而成，纯度已属最高的了……”王式本想继续解释，但刘贺非常果断地打断了王式的话：“非也。老师不必多言，此成色连寡人这关都没通过，更别提皇宫中少府的检验人员了。我们要精益求精，呈上最优质的黄金，以示对先皇列祖列宗的崇敬和缅怀。请在昌邑国另寻技艺精湛的冶金大师，赶紧操办，不可懈怠。”

刘贺的指令一下，许多炼金匠人纷纷毛遂自荐，刘贺很快找到了合适的人选。于是，制作酎金的工作便如火如荼、马不停蹄地开始了。虽然时间紧迫，但是在刘贺的监督下，终于在规定的时间内完成了这份艰巨的工作。刘贺看着新制成的金饼和金板，成色十足，光鲜夺目，自觉十分满意，心中很是得意。

眼看着进京时间一天天迫近，刘贺还没说出选何人为使臣。王式屡次问询，刘贺总是狡黠地对他笑笑不说话。终于在进京前夕，刘贺对众臣宣布：“此次进京献祭，寡人决定亲自前往。”大臣们一阵哗然，但都在心中为他竖起了大拇指。

八月中秋的那个清晨,刘贺带着酎金出现在高祖庙前。虽说他才刚满十岁，但是他那器宇轩昂的气质、威严庄重的气场不输任何比他年长的王公大臣。刘贺阔步走在前面,他的随从端着装有酎金的精美漆盒跟在其后，漆盒上的金箔贴花闪闪发光。虽然天还刚蒙蒙亮，但漆器内成色十足的黄金所散发出的光彩已经让每一个参加祭祀典礼的王公大臣们眼前一亮，大家都对昌邑王进献的酎金褒奖有加。进献酎金的昌邑王刘贺又一次走进了霍光的视野。霍光当然还记得，这个小刘贺就是五年前在汉武帝泰山封禅典礼上那个得到过武帝赞许的小孩；所不同的是，眼前的刘贺行为更加得体、举止更加从容，颇有王者气度。

虽说刘贺对待诸如进献酎金之类的大事很是在乎，但是对于小事，他就很是不拘了。刘贺喜欢诗词歌赋，酷爱习武玩乐，结交并豢养了一批有着同样爱好的文人武士，与他们一起饮酒作赋，骑马狩猎，舞剑射禽。他喜欢骑马，常常独自骑上半天，奔驰上百里，向人炫耀其精湛的骑术。他喜欢斗鸡，让侍卫买来许多善斗的雄鸡，饲养在宫中。兴致来了，就和兴趣相投的公子哥在宫殿内比赛斗鸡。他喜欢乐赋，经常在王府内与乐师、舞女彻夜弹瑟、吹竽、作赋。但让人意想不到的是,天资聪颖的刘贺随着年龄渐长,竟沉迷于各种玩乐，有时候连正常的课都不去上了，这让他的老师们头疼不已。

他爱纵马疾驰，在昌邑国那一眼望不见边际的原野上狂奔。有一次，他来到金山脚下。这金山与平原上其他偶然可以看到的丘陵大不相同，不是柔和地隆起，而是突兀地耸立；怪石嶙峋的模样，陡峭如削。他登上山顶，俯视大地，方圆几十里内，城镇、王国，以及那广袤的土地一览无余。仰望是一望无际蓝天，俯瞻是无边无际的原野，立在金山之巅，刘贺只觉得一股豪气涌上心头，仿佛天下尽在心中，天地尽属于自己。

望着山下，刘贺不禁心中默想，此地可以望见昌邑城，又与自己的父亲刘髆墓遥遥相望，不由感叹道："真乃不可多得的宝地啊！"遂决定以山为陵，在这里为自己修一座陵墓。

于是，无数工匠集聚金山，掘山为道，开山为室，凿岩建墓，以石砌筑。无数石材被从山体中凿出，又将那本来粗糙的山石细细打磨。最后，生生在这座金山的山体中开凿出了一条石墓道和一个个洞室。只见墓道两边壁立千仞，甬道、前室、后室、耳室分布排列，井然有序，主墓室长二十余米，宽十余米，高也有两米多。洞中凉爽却不阴冷。刘贺见了之后十分欢喜，命人重重赏赐工匠们。

与其他皇族子弟一样，昌邑王刘贺也有很多专门教他治国之道和儒家经典的老师，王式就是其中的一位。昌邑哀王刘髆去世后，王式遵从昌邑哀王的遗嘱继续教导刘贺的学习。他见刘贺一心玩乐，荒废学业，想着昌邑哀王的嘱托，不由得看在眼里，急在心上。王式见刘贺虽然贪玩，但也颇有才智，不算愚钝，便尽心尽力教授刘贺，让他习读诗书，和他讲述儒家经典，与他讨论古代诸国的兴衰存亡，跟他讲古代志士圣贤的故事、治国安邦的道理，还让刘贺熟读《诗经》三百篇，以此来教化他，希望他能从中领悟历史文化之内蕴，感悟人民的欢乐疾苦。刘贺在王式的教导下，竟也把这些书读完，甚至有的还背了下来。于是王式问他："看了这些故事，大王有没有得到什么启示？"刘贺一笑置之，并不回答。王式再三追问，刘贺被问得不耐烦了，便说："读了就读了，并没有什么启示。父王教导过我，要做一个安分守己的诸侯王，要那些个启示有何用？"

相对于读书而言，刘贺更喜欢乐舞和饮酒，尤其喜欢把玩各种器具，到处搜集精致的乐器和各种样式的酒器。刘贺身边的臣僚中，多数是溜须拍马之辈，对刘贺不爱学习任性玩乐的各种作为，压根就不会去提醒，更谈不上劝阻。只有极少数几个臣子对他忠心耿耿，经常会劝谏刘贺。

刘贺身边有个叫王吉的大臣，任昌邑国中尉，就是掌管昌邑王宫安全的。王吉为官清廉，刚正不阿。这个王吉是山东琅琊人，此人可不简单，据《二十四史》记载，王吉给整个琅琊王氏家族所创的"言宜慢、心宜善"的六字家规，使得王氏家族跨越了许多劫难、经受住了各种考验，从东汉至明清1700多年间，山东琅琊的王氏家族一共培养出了36个皇后、36个驸马、35个宰相，成为中国历史上最为显赫的家族，被称为“中华第一望族”。刘贺的身边有王吉这样的谋臣，昌邑国的大小事务均处理得井井有条。在王吉等人的尽心辅佐下，刘贺治理下的昌邑国倒也是一派繁荣昌盛景象。

王吉见刘贺不肯安心处理政务，整天沉溺于玩乐游猎之中，便对刘贺进言：“大王不喜欢研读经书，却喜爱游玩逸乐，每天驾马车不停地驰骋，嘴因吆喝而疲倦，手因握缰挥鞭而疼痛，身体因马车颠簸而劳苦。清晨冒着露水雾气，白昼顶着风沙尘土，夏季忍受着炎炎烈日的烤晒，冬天被刺骨寒风吹得抬不起头来，大王总是以自己脆弱的玉体，去承受疲劳痛苦的熬煎，这又不能增益宝贵的寿命，也不能促进高尚的仁义品德。在宽敞的殿堂之中，细软的毛毡之上，在名师的指导下背诵、研读经书，讨论上至尧、舜之时，下至商、周之世的兴盛，考察仁义圣贤的风范，学习治国安邦的道理，欣欣然发愤忘食，使自己的品德修养每天都有新的提高，这种快乐，难道是驰骋游猎所能享受得到的吗？休息的时候，做些俯仰屈伸的动作以利于形体，用散步、小跑等运动来充实下肢；吸取新鲜空气，吐出腹中浊气以锻炼五脏；专心专意，积聚精力，以调和心神。用这样的方法进行养生，怎能不长寿呢？大王如果留心于此道，心中就会产生尧、舜的志向，身体也能像伯乔、赤松子一般长寿，美名远扬，让朝廷闻知，大王就会福禄一齐得到，封国就安稳了。当今皇帝（汉昭帝）仁孝圣明，至今思念先帝不已，对于修建宫殿别馆、园林池塘或享受巡游狩猎等事一件未做，大王应日夜想到这一点，以符合皇上的心意。在诸侯王中，大王与皇帝的血缘关系最近，论亲属关系，大王就如同是皇帝的儿子，论地位，大王是皇帝的臣僚，一人兼有两种身份的责任。因此，大王施恩行义，如有一点不周全，被皇帝知道了，那将不是昌邑国之福啊。”

这谏言说起来是那样动情，让刘贺也十分感动。刘贺开始反省自己的所作所为。他细细一想，自己也十几岁了，平日里懒于政务，都扔给大臣们，实在是不应该。于是刘贺带着歉意说道：“这么说来，本王确实不应该。作为昌邑国王，懈怠于政事，没有做到诸侯王应做的事情。大人对于本王忠心耿耿，总是刚正不阿地指出本王的错误，弥补本王的过失，规劝本王的行为，实在让人敬佩，应该得到嘉奖。”随后，刘贺命负责宾客事务的侍从赏赐了中尉王吉牛肉五百斤、酒五石、干肉五捆。

刘贺这下倒也好像是发了狠心，连续好几天向老师求学，处理政务竟也一副一丝不苟的样子，还主动去慰问贫苦百姓。一时间，刘贺身边的大臣、侍从、谋臣，都以为刘贺“改邪归正”，要做个勤政的诸侯王了。可是没过几天，刘贺就又坚持不下去了，重新回到骑马狩猎、饮酒玩乐的生活中。

昌邑国的郎中令龚遂，忠厚刚毅，很有原则。他一方面不断规劝刘贺，一方面责备封国丞相、太傅等其他臣子没有尽到责任。每每说到刘贺的过错，他就引经据典，陈述利害之关系，一直说到声泪俱下。刘贺每次都是一笑而过，却也不曾怪罪过他。

有一次，朝廷来圣旨封赏。刘贺当时正与一帮文人骚客比拼诗赋，便让大臣代替他出来接旨。龚遂看到他如此不懂礼节，气得当着众人的面指责刘贺，刘贺倒也不生气，只是捂着耳朵起身走开，大笑着说道："郎中令说的这些老掉牙的话，本王都听腻了，能否换一个新鲜的话题啊？"

刘贺平日里虽然行为狂妄，有时毫无节制，但他性格豪爽，骨子里有一股山东人的豪侠义气。而且刘贺自小饱读诗书，深受孔孟之道影响，对待臣子下属抱着仁爱之心，对他们宽容仁慈，没有架子。刘贺常常与车夫、随从一起饮酒作乐，高兴之余，经常毫无节制地将财宝赏赐给他们。刘贺的这些行为在很多人看来当然是"不检点"，作为一个诸侯王，怎么能没有一点威仪呢？但刘贺就是这样一个人，久而久之，昌邑国的臣民们倒也习惯了。

忠诚的龚遂深深了解刘贺如此行为是因为年少轻狂，但骨子里还是一个有着仁爱之心，恪守儒家之道的人。对于年轻的刘贺听不进劝谏，龚遂虽感头疼异常，但还是不停地想办法说服他。

一天早朝，龚遂一入宫便痛哭流涕，跪着挪步到刘贺面前。

刘贺大惊失色，问道："郎中令为什么又哭又跪的？"龚遂跪拜说道："大王啊，臣为社稷的危亡痛心啊！希望您能给我一个单独的机会，让臣好好说道说道！"

刘贺忙命左右之人退开，让龚遂细细说来。龚遂整理了一下情绪，说道："大王可知道胶西王刘端为什么会因大逆不道罪而诛灭吗？"

刘贺说："不知道啊。"

于是龚遂说："臣听说，胶西王有一名叫侯得的臣子，善于阿谀奉承。胶西王的所作所为，简直如同夏桀、商纣一样残暴，而侯得却说他像尧、舜一样贤明。胶西王对侯得非常欣赏，经常与他住在一起。正是因为胶西王只听信侯得的奸邪之言，以至于落下恶名。最后因大逆不道而被诛杀。而今大王亲近奸佞小人，已经逐步沾染了恶习，这不能不慎重对待！我请求挑选通晓经书、品行端正的郎官与大王一起生活，坐则诵读《诗经》《尚书》，立则练习礼仪举止，对大王一定会大有帮助的。"

刘贺见龚遂态度坚决，只得答应。于是龚遂选择郎中张安等十人侍奉刘贺，与他共同起居，教授他礼仪和礼节。可是刘贺早已习惯了我行我素，对烦琐的礼节完全没有耐心。没过几天，张安等人就全被刘贺遣走了。

虽说王吉和龚遂等人依然会逮住机会就劝导刘贺，可刘贺要么不听从，要么说会悔改，却又三天打鱼两天晒网，最后不了了之。日子就这样一天一天过着，大臣们也都只得任刘贺由着性子去了。

直到有一天，刘贺在宫中看到一只白色的大狗，颈部以下长得与人十分相似，头上则戴着一顶跳舞的人戴的“方山冠”，而且没有尾巴，不由得吓到了。这是什么动物？他狩猎无数，怎么从来没有见过。他赶紧问家臣和侍从：“我刚在宫中看到有条大狗，很像人，还戴着帽子，没有尾巴，这是怎么回事？”

家臣和侍从都说：“大王，我们并没有看到这种东西啊。”刘贺知道龚遂知识渊博，便赶紧召他叫来询问。龚遂一听，想了片刻，回答道：“这是老天爷在警示大王啊，说您左右的亲信都是戴着帽子的狗，万万不可与之亲近，否则必遭祸患。”刘贺听了这话，将信将疑。

不久之后，刘贺又在宫中看到一只大熊。可他一问，左右侍从依然没有看到。于是刘贺又找来龚遂，问：“我在宫中看到大熊，其他人没看到，这又是怎么回事？”

龚遂大惊失色说道：“熊，是山野中的野兽，会吃人，来到宫里，又被大王看见，这说明大王有生死存亡的危险。上天给的警兆已经非常明显，请大王一定要提升自身的修养，勤于政事啊。”

刘贺依然大惑不解：“上次的白色大狗，这次的大熊，为什么会有这么多不祥的征兆？”龚遂双膝跪地，不停地叩头：“大王曾经背过《诗》三百，其中有好些讲述为人、为政、称王、用人的篇章。大王请好好想想，自己平日里的所作所为，哪一件符合《诗经》中宣扬的美德和善举？大王可是列侯王，行事却轻狂不堪。我担心大王会因此遭难，请您一定要提高品行啊！”龚遂一番话，说得刘贺心慌不已，立刻答应从今天起，一定会注意自己的德行。

但就在那之后不久，汉昭帝刘弗陵突然驾崩了。

昭帝驾崩，刘贺并不觉得这与自己有什么关系，依然我行我素，巡游狩猎，放纵如常。刘贺哪里知道，在自己肆意欢畅的时候，远在长安城的未央宫里，大司马大将军霍光已与群臣商议，最终决定拥立他为皇帝。此时，由少府史乐成带领的一行使节，正日夜兼程，往昌邑国而来。

史乐成到达昌邑国后已是深夜。因为事关紧要，不能延误，于是叫开城门，直入王宫。宫中侍臣赶忙入内室叫醒刘贺。刘贺被侍臣从睡梦中惊醒，不由得对侍臣大发脾气，说：“大胆！本王睡得正酣，你怎么这般吵吵嚷嚷，快给本王出去！”侍臣立即跪下说：“京城来的使臣，说有急事，要向大王宣告，我不敢怠慢。”

刘贺十分诧异，怎么半夜三更的京城还会有事？刘贺穿好衣服，随侍臣来到大殿前。史乐成等人一见刘贺，就说奉大将军霍光之命，请他即刻进宫主持大行皇帝的丧礼。刘贺惊慌之中接过诏书仔细阅读，诏书是上官皇后亲自下达的，果真是让他进宫主持丧礼。

刘贺顿时喜形于色，手舞足蹈，这可是老天爷送给他的一份大礼啊。诏书说是去主持丧礼，其实不就是要让自己接皇帝位吗？他暗暗嘲笑龚遂胆小迂腐，杞人忧天。这时候，龚遂的警告在他看来，已经是如同笑谈。

当夜，刘贺要当皇帝的消息传遍了昌邑全城。他的亲信、玩伴，纷纷向他道喜，想随他进京共举大业。刘贺一想，到了长安，自己孤家寡人一个，行事不便，再说如果没有这些朋友，就少了很多乐趣。刘贺便说："你们跟随我多年，这次我绝不会把你们抛弃，就和我一起去长安吧。"

有了这等好事，刘贺恨不得插上双翅飞到长安城。一番收拾准备之后，中午时分，刘贺跨上心爱的千里马，一声嘶鸣，奔向长安。

刘贺骑着他的千里马一马当先，数百人的车队，急行军似的跟在后面，半天就走了一百三十五里路，不少侍从的马都被累死在路上。

郎中令龚遂见此，急忙劝说刘贺："大王，为什么要这么着急赶路，您看这一路累死了这么多的马。大王如果真的迫切要赶到长安，不如把一些并不急需跟随的人遣返，这样可以加快点速度。”

刘贺一想，要是这些人耽误自己登基为帝，那还得了，于是立刻同意，说：“一路上去京城，路途遥远，你们要是有人改主意了，不想去，那就回去好了。”但这些跟随的人，谁也不愿中途返回，彼此争吵不休。龚遂也感到为难，只得请刘贺决定。最后，刘贺让五十多个奴仆返回昌邑，只留下一干谋臣近侍。

昌邑国中尉王吉见刘贺如此兴奋，如此张扬，暗暗担心。他想，如今朝廷是大司马大将军霍光大权在握，刘贺这般行为，怕是已经忘乎所以了。若是到了长安，仍然和在自己的封地一样任性，那恐怕是要招来祸患。但刘贺又不听劝谏，王吉思索再三，于是写了一封长信，交给刘贺。他在信中这样说道：

“我听说商高宗武丁居丧、继位之后，三年不说话。现在大王您也是因为丧事而被召去京城，应日日夜夜做出悲哀哭泣的样子，千万不要有其他举动。况且，不只是丧事，作为皇帝，大多情况下都应该如此，不要有过多的言论和放纵的行为。您看，苍天虽不言，四季仍依时更迭，世间万物照样生息繁衍，希望大王三思而后行。大将军霍光，智勇忠诚的品德，天下无人不晓，他侍奉孝武皇帝二十余年未曾有何过失。先皇孝武帝去世，将天下和幼孤托付于他，大将军扶持幼主，颁布政令，施行教化，维护了国家的安定，即使是周公、伊尹也不过如此。现今先帝驾崩，而没有继承人，大将军以继承汉室宗庙为虑，将大王您推举为皇帝，其仁爱宽厚真是无可比拟啊！臣下希望大王信任他，敬重他，国家政事皆听从他的安排，您只需无为而治，称帝就好了。希望大王您考虑我的建议，并常放在心上。”

王吉的这封信反复陈述的中心意思只有一个，就是劝刘贺言行要稳重，小心谨慎，政事要全部仰仗霍光。这也不失为和权倾朝野的霍光相处的一种好办法。刘贺听罢，若有所悟，不住地暗暗点头称是，并且下定决心进了京城，便要小心谨慎。但是过了一会儿，便又忘乎所以起来。而这一切，霍光派来的使臣自然是看在了眼里。

一行人来到济阳，一个亲近的侍从对刘贺说：“这里有一种长鸣鸡，据说鸣声嘹亮，大王喜欢雄鸡，何不买几只？”

刘贺一听，顿时想到自己总是任性而为，不够勤奋。如有长鸣鸡来报晓，督促自己闻鸡起舞，勤奋执政，岂不妙哉？于是，命令左右将车队停下来，令人到附近求购长鸣鸡。老百姓听说是即将当皇帝的昌邑王要买长鸣鸡，纷纷送来，一下竟然送来了好几十只。刘贺选择了几只极为雄壮的公鸡带去长安。

当地还有一种聚竹合成的手杖，叫积竹杖，结实耐用。刘贺也买了两根。旁人不解其意，认为他贪玩荒唐，在赴京登基的路上还有这份闲心。其实，他买积竹杖是为了自己登上帝位后，有一天能够像他的爷爷孝武帝一样到泰山举行封禅大典。到那个时候，自己手拄积竹杖，登泰山而小天下，一定别有一番滋味。一想到将来自己也会在泰山封禅，刘贺的心中涌起了万丈豪情。

这一路，真可谓春风得意马蹄疾，年轻的昌邑王刘贺不免得意便忘形起来！

车队前行路过弘农时，暖暖春光下，但见一个个面若桃花的美妇踏青归来，她们看到高头大马上的俊朗少年刘贺，忍不住好奇多次回首，顾盼中不禁流露出艳羡之情。这可挑起了刘贺浓浓的春情,那青春的欲动再也遏制不住。据说当年皇爷爷与卫子夫邂逅，就是在车上成就了一段佳话。奴仆头目善见刘贺春情荡漾，如醉如痴，立即明白了主人的心思，追上那姿色出众的就拉上了车。

这事情虽做得隐秘，却还是被朝廷派来的使臣史乐成知晓了。他马上去质问刘贺的相国安乐，愤愤地说道：“皇帝驾崩，朝廷急迫地等昌邑王赶赴京城主丧，继位，处理朝政。昌邑王却在服丧期间，强抢民女，寻欢作乐。你身为相国，是如何辅佐的？难道连这一点也不懂得！”安乐一听，吓得一身冷汗，立即找龚遂商议。龚遂一听，也是大惊失色，立刻找到刘贺询问。

刘贺一见龚遂，就知道他是来规劝自己的。果然，龚遂开口便说：“现在这一带都在传言说大王强抢民女，不知是否真有此事？”刘贺自知理亏，便说：“本王不知道有此事。”

龚遂叹了口气，说：“朝廷的使臣已经知道这事了，若是传到朝廷，对大王可是极为不利啊。”

刘贺心中慌乱不已，只得支支吾吾，说不知道是谁干的。

龚遂定睛看着他，说：“既然大王不知情，而奴仆善做了这种事，自然是他招摇撞骗，损毁大王的名誉，如不惩罚他，那将无法平息民怨，更是玷污了大王的威名。”龚遂说完，便亲自把奴仆善这个替罪羊推了出去，一刀斩了。刘贺也被此举吓到了。

之后，龚遂对刘贺形影不离，紧紧看住他的一举一动。随后一路倒也无事。

不几日，刘贺一行便来到接近京城长安的灞上。掌管礼宾事务的大鸿胪出郊外亲自迎接，主管车马的驺官奉上皇帝乘坐的车子。于是，刘贺坐上銮驾，太仆寿成在中间驾车，而郎中令龚遂为参乘，作为陪侍。车队来到了广明东都门，只见守门的士兵们排排站立，一脸肃穆。

见此情景，龚遂对刘贺说：“大王来长安奔丧，应该表现出悲伤，这是进长安的第一道门，按礼制，奔丧望见国都，应该哭泣。请大王哭泣，以表君臣之礼，叔侄之亲。”

刘贺现在满脑子所想的，就是当上皇帝后要做些什么事，哪有心情去做出悲伤的样子。于是他对龚遂说："我的嗓子痛，很不舒服，现在哭不出来。"

进了长安城，到了第二道门郭城的时候，龚遂又说："大王，到了这里，您应当悲泣。"刘贺说："第一道门与第二道门不都是一样的嘛，我现在仍然哭不出来，待会儿再哭。"

龚遂心焦如焚，却又不能硬来。他侧过身子，附在刘贺耳边小声地说："路边的人都在看着大王，大王面容一定要表现得很痛苦的样子，绝不能面露笑容。昌邑国的吊丧帐篷在这个门内的大路北，不到吊丧帐篷的地方，有南北方向的人行道，离这里不到几步。大王应该下车了，向着宫门面向西匍匐，哭到尽情哀伤为止。"

刘贺却说："可是我真的不哀伤，我哭不出眼泪怎么办？"

龚遂思量了一会儿，说："大王要是确实没有眼泪，就多想想过去悲伤的事情吧！一定会哭出来的。如果再不哭出来，真的会影响您当皇帝的。"

龚遂最后的这句话看来起了作用。刘贺说："那好吧。"

到了目的地，刘贺下了车。面对威严耸立的未央宫，尤其是飞檐上那两条龙，金鳞金甲，活灵活现，似欲腾空飞去。殿中宝顶上悬着一颗巨大的明月珠，熠熠生光。他仿佛看见殿内的雕龙宝座上，坐着一位睥睨天下的王者，正是他的爷爷汉武大帝。突如其来的惊慌、恐惧、忧伤占据了他的大脑。他不由得伏身跪下，叩首，痛哭起来。这一哭又让他想起了他抑郁而终的父亲和对他百般宠爱的母亲，越发哭得一发不可收拾，惊天动地。旁人都以为刘贺这是对先帝情深意切，就连之前对他有看法的朝中大臣，也不由得对他暗暗点头。

刘贺就这样在皇宫里待了下来，等待着主持昭帝的葬礼和自己的登基大典。

刘贺走上皇帝这个最高权力的宝座后，都做了些什么事，以至于霍光在将他扶上帝位二十七天后，又将他赶下皇帝宝座？

要解开这个谜，请看下一章：任性的二十七天——汉废帝刘贺。

第五章

任性的二十七天——汉废帝刘贺

公元前 74 年 6 月，已被立为储君的昌邑王刘贺在长安西北七十里的平陵，主持了隆重肃穆的西汉第八任皇帝刘弗陵的葬礼。一个月后，继汉昭帝之后西汉第九任皇帝的登基大典在未央宫前殿隆重举行。

7 月 18 日这一天，炙热阳光照耀下的未央宫，格外辉煌壮丽。殿檐斗拱，额枋、梁柱上装饰着青蓝点金和贴金彩画，雄奇瑰丽。殿外的白石台基上下，跪满了文武百官，中间御道两边排列着整齐威严的仪仗。大殿廊下，鸣钟击磬，乐声悠扬。台基上的香炉和铜龟、铜鹤里燃起了檀香，氤氲缭绕。在庄严的鼓乐声中，新帝刘贺身穿大龙袍缓缓走上正殿。龙袍上绣着飞龙图案，衣摆被风带起，衣袂飘飘，好似龙在腾跃，使得年轻的刘贺更显气宇轩昂。经过一套繁复的礼仪之后，刘贺端坐在金銮宝座上，接受文武百官的朝拜。

在一片“吾皇万岁万岁万万岁”的欢呼声中，昌邑王刘贺终于登上了帝位。他作为先帝的嗣子，追先帝谥号为“孝昭”，尊上官皇后为皇太后。

坐在威严气派的金銮宝座上，俯视着大殿两旁执笏[①]跪坐着的文武大臣，黑压压的一片，刘贺感觉恍如梦境。皇帝就是皇帝啊！这和自己在昌邑王位子上的感觉太不同了，不愧是九鼎至尊哪！自己的爷爷孝武帝当年就是坐在这个位子上接受群臣朝拜，没想到现在自己竟然和爷爷一样了。刘贺望着满朝文武，心里既兴奋却又觉得几分陌生。

只见满朝文武有的严肃，有的淡然，有的恭敬，更多的是面无表情。怎么在皇位上就全然没有了自己在昌邑国时候那种亲切与轻松的感觉呢？特别是为首的大司马大将军霍光，全身散发着一股凌人的气势，让人不寒而栗。这些天没少和霍光打交道，每次和霍光在一起，就觉得浑身不自在。

刘贺把目光投向霍光，只见霍光面无表情，从霍光的面目中看不出有任何的心绪。刘贺猛然觉得自己的内心深处竟然无缘无故地恐惧霍光。自己已经是天下至尊的皇帝了，怎么还会对霍光这么怕呢？就算霍光在拥立自己为帝上对自己有大恩，也不至于会害怕他呀，自己这是怎么了？

刘贺暗暗调整了一下心绪，深吸了一口气，给自己打气：如今自己已经是睥睨天下的皇帝，这些大臣都是我的臣子，我无需怕他们。不过，满朝文武要不是跟随先皇的，要不就是跟随霍光的。尤其是这个大司马大将军霍光，

---

① 笏：即笏板，又称手板、玉板或朝板，是古代臣下上殿面君时的工具。古时候文武大臣朝见君王时，双手执笏以记录君命或旨意，亦可以将要对君王上奏的话记在笏板上，以防止遗忘。

朝政一直在他手中，先皇帝刘弗陵到死都没有从霍光手里接过权力亲政，年纪轻轻就去世，不可谓不悲啊！如今霍光才是真正的一言九鼎。自己要坐稳江山，必须得在朝中尽快地培植自己的人马才行啊。

想到这，刘贺暗暗地松了一口气。幸好从昌邑国带来了二百多人，这些都是心腹之人，可以担当重任。先不管霍光，既然是自己当了皇帝，一切就得按照我的意思来。

刘贺拿出事先准备好的诏书递给诏令官，说道，开始吧！

诏令官立即朗声宣召：

受命承天，皇帝诏曰：朕以弱冠之年，上承天命，初践国祚，诚惶诚恐，唯惧思有不密，言有不谨，行有不慎，以至伤及国本 ，累及臣民。朕心如何得安。故从今日起，朕克当恭躬自省，勤勉自律，以祈我大汉国运永世昌盛。今朕昭告天下，命尔等及各地郡国守吏即日起，举荐贤良方正直言敢谏之士入朝，朕当择起优者，委以重任。

诏令官宣召完毕。刘贺接着道：“诸位臣工可有什么意见？”

众位大臣都暗暗地看了站在班首的霍光一眼。见霍光没有说话的意思，其他大臣赶紧低下头，谁也不说话，大殿里一派肃穆。

刘贺又扫视了一遍大殿，将满朝文武的表情尽收眼底。见大家都唯霍光的马首是瞻，霍光不开口就没有人敢先说话。刘贺心里暗暗地想，这个霍光可真是不简单哪，怪不得自己心里竟然会无缘无故地惧怕他，看满朝文武的反应，霍光才是大汉朝的实际当家人哪，看来自己这个皇帝和前朝没有什么两样，都只是一个摆设而已！但今天是自己登基的第一天，第一次朝会，必须得拿出皇帝应有的气派来。要让群臣知道，自己才是大汉天子！

见群臣没有发言的，刘贺就说道："既然你们没有什么意见，那朕就来说说朕的意见吧。原昌邑国丞相安乐德才兼备，足智多谋，尤以明经洁行著称，朕在昌邑国时多亏有他的辅佐，昌邑国才能昌盛兴旺。朕欲封他为太尉。不知大家以为可否？"

太尉可是位列三公，掌管军事的最高官员。汉昭帝时期没有设太尉一职，军事大权由大司马大将军掌控。刘贺心想，太尉这一职位空缺，正好让自己最信任的人安乐来担任。太尉掌管军队和宫禁，必须是自己放得了心的人。

群臣见刘贺一上位就想要让安乐取代霍光掌管军队和宫禁，也不知道事先有没有和霍光商量过，这个年轻的皇帝还真是有些不一般哪。满朝文武不禁再次把目光投向了霍光。只见霍光依然面无表情，只是对紧挨着自己的丞相杨敞微微地抖了一下袖子。

杨敞是霍光一手提拔上来的丞相。他暗暗看了一眼霍光，霍光回他以微微的点头。杨敞马上领悟到了霍光的意思了，于是站出来朗声说道："陛下，太尉一职，自孝武皇帝开始就没有再设了，孝武帝时太尉的职权一直由大司马大将军卫青掌管。现在我朝也是由大司马大将军霍光大人掌管。不设太尉一职可谓是上承孝武皇帝的遗旨。臣觉得无需再设太尉一职了。”群臣们都知道杨敞的意思就是霍光的意思，见霍光依然没有动静，那些善于察言观色的大臣纷纷站出来表示支持杨敞的意见。

只见大司农田延年也大声说道：“陛下，我朝自高祖以来就有无功不封侯，无功不封赏的规制。安乐大人不过是昌邑国的丞相,昌邑国不过是大汉朝的一个小小的郡国，自然不能等同于大汉朝。这太尉一职万万封不得啊。”这一下子,几乎所有的大臣都执着笏板俯身齐齐说道：“万万封不得啊！”

刘贺满以为自己已经是至高无上的皇帝了，自己下的诏令自然不敢有人反对，没想到竟然会有这么多人反对自己，看来以后下诏令还是不要问大家的意见为好。但是事情到了这个地步，也没法挽回了。略显尴尬的刘贺只得干干地说道：“那各位大人说说，安乐大人适合什么职位呢？”

这个时候，只见霍光终于发话了。他缓步走出班列，沉稳地说道：“陛下，众位大臣所虑极是。陛下的考虑，老臣也以为宜在将来细细思量。陛下所建议的安乐大人，德才都俱佳，将来未必就不可以位居三公之列。但是，现在遽然就任太尉一职正像列位大人所说的那样，确乎不太妥当。我想起来长乐宫卫尉一职正好也一直空缺，老臣看陛下与安乐大人感情极好,安乐大人若是作为长乐宫卫尉，负责宫禁护卫，定能贴身辅佐陛下。”众大臣纷纷说：“正是正是。”

刘贺尽管心有不甘，却也无可奈何。虽没能让安乐成为太尉，但长乐宫卫尉也是极为重要的岗位。这个霍光虽然借群臣之口说出了他自己的意见,明摆着是不肯放权，但他的建议又顾及了自己这个新皇帝的尊严和面子，他提出的长乐宫卫尉一职倒也是很有道理。霍光提出来的建议自己还真是没有理由反对，他怎么就算得准自己会同意他的建议呢？刘贺心里不禁对霍光愈加敬畏起来。

刘贺没有想到，自己对昌邑国旧臣安乐的封赏，虽然最终只是封了个长乐宫卫尉，却已经触动了朝堂内众人的神经。他在不知不觉中已经犯了大忌。

一般来说，新帝登基，首先要做的是按功封赏，追封功臣。刘贺首先应该封赏的是力挺他上位的大将军霍光，还有迎他进京的少府史乐成、宗正刘德、光禄大夫丙吉等人。但刘贺却没按常理出牌，一上位就提出封赏昌邑旧部，而且一开口竟然是位居三公之列的太尉,掌管军队和宫禁，这不是要取代霍光的位置吗？虽然刘贺提议的太尉一职最终没有被通过，但此举已经引起了众多老臣的不满。

大臣们纷纷议论道：“这也太不像话了吧。”

"无功不能受封，怎么可以随意封赏这些昌邑国的旧人呢？"

刘贺见满朝文武开始议论纷纷，大殿内喧嚣不已，只得大声说道："众位大人，我朝自高祖以来，已经一百多年了，一些不合时宜的政策该改的要改。比如说起用新人，肯定是有必要的。"

霍光眉头紧锁，表情严肃地说道："陛下想启用新人的想法是好的，但也要注意发挥好老臣的作用。陛下这么圣明且有主见，我看老臣我可以歇息了。"

霍光说这番话本意是委婉地提醒刘贺要谨慎用事。霍光既肯定了刘贺启用新人的想法，又提醒不可忽视老臣的作用，是故意试探刘贺对自己的看法。没想到刘贺想都没想，马上接过霍光的话头说："大将军劳苦功高，累了这么些年了，是该好好歇息了。"霍光只觉得胸口一紧，气息为之一滞，半晌说不出话来。

第二天，霍光借口身体欠佳没有来早朝。刘贺知道后也没当回事，只轻描淡写地说道："大将军为国操劳多年，累坏了身体。今后，只要大将军身体欠佳，就可以不用来上朝。"

刘贺说这番话可能并非故意冒犯大将军霍光，然而说者无心，听者有意，朝臣们顿时一片哗然。要知道，刘贺能够上位可谓全仗大将军霍光的举荐，没想到刘贺刚登基，竟然会如此对待霍光，不大加赏赐也就算了，竟然说可以不用上朝了，这不是要让大功臣霍光靠边站的意思吗？对霍光尚且如此，更何况其他老臣呢？这位新帝究竟是什么意思，着实令人不解。一夜之间，朝廷内外，议论纷纷，都说没想到新帝刘贺竟然是个忘恩负义之人。

殊不知，对于刘贺而言，这次能当上皇帝，真可谓是天上掉下一个皇帝位。对于突然接手的至高权力，刘贺有点不知所措，对自己的皇帝新身份也很不适应。他在昌邑国我行我素惯了，行事无矩，昌邑国的旧部们倒是习以为常，但是霍光和朝臣们可接受不了。而刘贺还以为在帝位上与在昌邑国没有什么两样，他既然已经是一国之君，就可以像在昌邑国一样由着自己的性子来。尽管身边的谋臣已经再三提醒，他也表示明白帝王应当是国家的表率、道德的化身，必须慎重又慎重，不可肆意妄为的道理。但一遇具体的事，他转过身就会忘掉谋臣提醒的话，依然故我，任性而为，把人给得罪了，自己还浑然不知。

这一点,刘贺就远远不如与他有着相同境遇的汉文帝。汉文帝是西汉第四位帝王，汉武帝的爷爷。

西汉初年刘邦去世之后，吕后专权。一时间，吕氏家族权倾朝野。吕后去世以后，刘邦的旧臣陈平和周勃携手诛灭了吕氏势力，然后商议由谁来继承皇位。最后，他们相中了当时二十三岁的代王刘恒。随后，派出使者接刘恒来长安继承皇位。刘恒见到使者，不知是福是祸，于是和属臣商讨对策。属臣们意见各不相同，最后，刘恒还是决定入京继位。一路上，他谨慎从事，先是派他舅舅薄昭去长安探听虚实，后来在离长安五十里时，又派下属宋昌进前探路。最后，刘恒才在陈平等大臣们的拥戴下，来到皇宫，继承皇位。在得到皇位之后，刘恒对拥护他做皇帝的大臣和跟随他父亲刘邦开国的功臣们都封官晋爵，大加赏赐。将被吕后贬斥的刘姓诸侯王恢复了爵位和封地。这使得朝廷人心立时稳了下来。刘恒由此也开创了历史上著名的“文景之治”。

刘贺的行事风格与汉文帝截然相反。刘贺在父亲去世后，整个少年时期基本上都是在任性放纵的状况下度过的，在人生成长的关键阶段，他沉溺于安乐享受。尽管他幼年时两次和武帝接触，对帝王之业有过憧憬和向往，但后来父亲教导他，让他做一个安分守己的昌邑王，不可对皇位有想法，渐渐地，他对帝位对功业没有了太多的思考。如今天上掉下个皇帝大位，他以为终于可以像皇爷爷武帝一样做大事了，但他在昌邑国形成的行事风格与当朝严谨刻板的规制程序又是如此的格格不入。他即位后，在没有建立功业，没有做出任何成绩，没有树立帝王威望的情况下，便急不可待地开始行使帝国的最高权力，把属臣王吉和龚遂此前劝谏的话全部抛之脑后。因此，刘贺上位后，和众多老臣的矛盾冲突在所难免。

经过两次朝议，刘贺意识到，满朝文武都只听命于霍光，自己在朝中没有帮手，得赶紧把自己的人安排到朝廷各个部门才行。目前才只是用了一个安乐，就已经争论得满城风雨，如果不是霍光最后发了话，自己当皇帝的第一个提议就会被否决，那让自己这个新帝情何以堪哪？如果自己要起用更多的昌邑旧部，可得好好规划规划。

这时候，刘贺想到自己的姐夫，昌邑关内侯。他协助过自己处理昌邑朝政，一向足智多谋，运筹帷幄。说不定他可以给自己很多建议。于是，他连夜派人送书信给昌邑关内侯，请他到皇宫一叙。为了显示自己对姐夫的重视，他在温室殿内设立了九宾大礼，以迎接昌邑关内侯的到来。

九宾大礼是历朝历代宾礼中最隆重的礼仪，一般要设九个迎宾赞礼的官员迎宾客上殿。这种大礼非国之大典国之重臣不能使用。刘贺用这种大礼迎接其姐夫，无疑是违反常规的。然而，刘贺在昌邑一向随性惯了，这些礼节有时候对于他来说犹如虚设。这次他不再征求群臣的意见了，直接就下了诏书。

是夜，他用九宾大礼迎见完姐夫昌邑关内侯，就急不可待地讲起目前的朝中局势，问关内侯他现在要怎么做。昌邑关内侯沉思了一会，道：“陛下，当务之急，你在朝中要有一批忠于自己的臣子，这样你就不会孤掌难鸣，在朝议时下的诏令才能有人支持你,你的诏令才能有人执行。”

刘贺叹息道：“朕何尝不知？可是朕现在想封赏自

己信得过的人，以霍光为首的那些个老臣都不同意啊。”

关内侯建议道：“玉玺不是在您手上嘛，您就直接下诏令好了，无需通过朝议。”

听到此，刘贺恍然大悟：“对啊，朕有玉玺，直接下诏令就好了啊！皇帝的诏书，谁敢不执行啊？”

刘贺立即让侍臣取来玉玺，他口述诏令，把自己带进长安的二百多昌邑旧部全部封赏个遍。还把本来应该是赏赐给诸侯王、列侯的绥带赏给昌邑国的郎官、谋臣，将皇宫仓库中的黄金、刀剑、玉器等赏给自己的侍臣奴仆。

刘贺封完昌邑旧部后，就开始召集他刚刚封赏的昌邑侍臣一起，在宣室殿中议起政来。刘贺本是个急性子，所有的事情都是想到哪里算哪里。每想到一个主意，就赶紧下诏书。

议政一开始,就有臣下提议,新君上任,要想成就大业,必须起用自己信得过的可靠之人。刘贺一听有理，立马下了第一道诏书：“朕闻高祖登基求贤若渴，吾当效之。贤士大夫有愿为国效力从我游者，吾定能尊显之。布告天下，使明朕意。”意思就是说，我的祖先高祖皇帝求贤若渴，我当然要仿效。贤士大夫有肯为国家效力的，我一定尊敬他，让他发挥才华做大官。于是，这第一道选贤任能，让各地推举有德有才的年轻人到朝廷任职的诏书就这样发出去了。

紧接着，他下的第二道诏书，便是要在不拘一格降人才的同时，罢黜过多的冗员。

第三道诏书，是减免苛捐杂税，大赦天下。

第四道诏书，是追封自己的母亲为太后。

第五道诏书，是为自己的祖母李夫人那一脉的李广利李氏家族平反，赐予封邑。

第六道诏书，是让自己的父亲刘髆入住宗庙以示尊崇。

一天下来，刘贺竟下达了五十多道诏书。

看到宣召官不停地往下传送他的诏令，刘贺胸中燃起万丈豪情。刘贺觉得自己越来越像爷爷武帝了，在帝位上的感觉让刘贺感到自己正雄睨天下，江山任由我指点，这种感觉怕只有皇帝才能体会到。刘贺暗自思忖，之前在昌邑旧地，下臣们总是说他如何不务正业懒于朝政，现在，自己一天之内就发出去五十多道诏书，这种魄力，有谁能比？

想到这里，刘贺忍不住大呼道："快，给朕拿酒来。"

龚遂急忙劝阻道："陛下，现在是大丧期间，您还是不要饮酒为好！"

刘贺不以为然道："爱卿，你怎么还是这样迂腐。所谓成大事者，不拘小节。若总是拘泥于这些条条框框，我们也不会在这么短的时间里发出这么多诏书啊！是吧，哈哈哈！”说完，举起酒杯大叫，“喝！”

侍臣们不敢不听，只得跟着一起喝起来。

酒过三巡，刘贺又下旨：“奏乐！”

长乐宫卫尉安乐当即语重心长地劝道：“陛下，万万不可啊！饮酒已是大不该了。现在仍是先帝居丧期间，鸣乐更是有违祖训，万万不可啊！”

刘贺此时已红光满面，醉眼微睁。他温和地说：“爱卿不必多虑，祖训是人定的，朕可以更改。诸事若都按祖训办，什么事情都办不了。”说完大声道，“继续奏乐。”

奏了几遍乐后，刘贺仍不尽兴，又大声道：“起舞！”

这一下，龚遂、王吉等一干忠诚辅臣担心刘贺在昌邑时的狂兴复发，扑通一声齐齐跪下，谏劝道：“举国仍在居丧，歌舞是绝对禁止的。万望陛下节制，为国民表率。切不可任性啊。再说，陛下您才新登基，宫中尚未开始甄选宫人啊。”

此时的刘贺已经酒兴、舞兴大发，根本收不住了。他恼怒地说：“朕已是大汉的天子，本就该好好庆祝。你们尽说些扫兴的话。没有宫人舞女，原来的难道就没有吗？快给朕找一些过来，给朕跳舞！”众人无奈，只得将原来汉昭帝的舞女召来助兴。

这些舞女已被昭帝冷落多时，这次被新君召见，个个兴奋不已，使出生平绝学，舞得刘贺眼花缭乱。尤其是居中的一个叫作蒙的舞女，带着妖娆的秀美，更是让刘贺热血沸腾，龙颜大悦。刘贺当即抓住那个舞女一把拥入怀中，往内殿走去。

王吉等人立刻拦住刘贺，大呼：“陛下，不可！万万不可！您这样做会被人说成是秽乱后宫的。”

刘贺一把推开他们，恼怒道：“你们都是读书人。不知道夫子有云，食色性也吗？”

接下的日子里，刘贺每天都与从昌邑国带来的旧臣谋臣，侍从官、车马官一起在殿内议政下达诏书，每天都有好几十道。议政完毕，就搬来乐府乐器，让善于歌舞的艺人入宫击鼓，歌唱欢弹，演戏取乐。又调来祭坛和宗庙的歌舞艺人，遍奏各种乐曲。兴奋之余，刘贺还驾着天子的车驾，在北宫、桂宫等地方往来飞驰，惊得宫女宦官四散飞逃，整个后宫也开始对这位新帝议论纷纷。

果然，刘贺的种种“不检点”的行为很快就传遍了整个朝廷，引来一片非议。很多大臣纷纷去找“抱病”在家的霍光，谴责新帝离经叛道。

在家“养病”的霍光，这几天心里像是吞下了黄连苦水，满腔苦楚不知该向谁说。他每天都感到愤懑填胸却又不知该如何是好，几天下来，整个人竟一下子苍老了好几岁

霍光没有想到这个被自己扶上帝位的刘贺，竟然是这么个不堪重用的人。新帝刘贺身上已经没有了当年那个小昌邑王身上显现出来的率真影子，这还是那个曾经让孝

武皇帝喜爱的小昌邑王吗？新帝即位以来的表现可谓是不通情理，任性妄为。看看那些发出的诏书，任人唯亲，排斥老臣，才上任几天，朝廷已经是闹得乌烟瘴气，官怨沸腾。当初选立他为帝的时候，就有人说昌邑王奔丧路上的种种不是，自己还没太在意，没想到真的会是这样，竟敢秽乱后宫，简直毫无礼法！是自己选人失察，看人走眼。唉，实在是有愧于孝武皇帝的嘱望啊！

这天，霍光正在家里沉思该怎么办，一群面带愠色的大臣纷纷攘攘来到霍府。他们众口一辞地数说新帝的不是，霍光听着感到比抽打自己的脸还要难受。

想到刘贺毕竟是自己扶上帝位的，霍光只得劝慰说："陛下还年轻，也才刚刚登基，不懂朝中礼节，有些率性也是人之常情。只要他能好好治理国家，壮大汉朝基业，做臣子的就没有什么好说的。"

霍光话虽这么说，内心其实后悔不迭。刘贺毕竟是自己力排众议推荐继位的。当初力荐刘贺，很大程度是以为刘贺年轻，在朝中没有任何依靠，一定会感激他，听他的话，那么他这个大功臣继续掌管朝政肯定是稳稳当当的了。哪知道，刘贺不但没有表现出丝毫感激自己之心，反而一登上帝位就将自己冷落一边。现在大臣们责备新帝的种种不是，这不等于是在打自己的脸吗？霍光每每想到这里简直肠子都要悔断了。

霍光这几天在家里"养病"没有入朝，但朝里的一举一动，他都了如指掌。而未央宫的新主人刘贺却没有工夫去琢磨霍光这个时候在家里干什么。

龚遂、王吉见刘贺刚登上帝位就如此轻狂，多次力劝。但刘贺不觉得自己有错，依然我行我素。龚遂心中恐慌不已，十分忧虑。他找到新封的长乐宫卫尉安乐，说道：“大王继位之后，竟然不经过霍光大将军，不经过朝中大臣议政，一道一道的诏书发出，如此不懂礼道，任性而为，叫人好生担忧啊。大人，你是皇帝以前在昌邑国时候的丞相，最得皇帝信任，万望大人能在皇帝面前据理力谏，绝不能再拖延啊！”

安乐一听，也是十分担忧，但转念一想，就连擅长于谏言的龚遂都未能让刘贺改过自新，自己又何必再碰个钉子呢？安乐决定，还是观察一段时间再说。

就这样，刘贺继续我行我素，每天发出数十道诏书，全然没有意识到未央宫内外已暗潮汹涌，剧变在即。

这天，刘贺梦见在皇宫西门的台阶上，有一大堆绿头苍蝇的粪便，约有五、六石之多，上面盖着大片的屋瓦。刘贺很是不解，如此富丽堂皇的皇宫怎么会有这么肮脏的东西？于是向龚遂询问这是什么意思。

龚遂想了片刻，便说：“陛下从前熟读《诗经》，其中不是有这样的话吗？‘绿蝇往来落篱笆，谦谦君子不信谗’。陛下的身边，有很多奸佞之人，就像陛下梦中见到的苍蝇粪便一样。陛下应该多和孝昭皇帝时候的大臣在一起，把先帝大臣的子孙当成自己的亲信侍从。如果总是不忍抛弃昌邑国的故交，信任并重用那些谗佞阿谀之人，必将招致祸害。希望陛下能反祸为福，将那些昌邑旧人全部逐出朝廷。我龚遂愿以身作则，第一个走。”

刘贺一听，不以为然说道：“从前我问你大白犬、大熊是什么意思，你说是不祥的征兆，可如今我却做了皇帝。我看你说的这些，都是危言耸听。”刘贺对龚遂的话更加不予理会。

见刘贺如此任性，掌管皇帝车马的太仆张敞也上疏劝说道：“先帝英年早逝，没有儿子，以霍光大人为首的朝中大臣忧虑惶恐，希望有一位贤能圣明的人承继帝位。使臣到东方迎接圣驾之时，对您是尊崇有加，唯恐跟随您的车从行进迟缓。如今陛下正当盛年，初即帝位，天下人无不擦亮眼睛，侧着耳朵，盼望看到和听到陛下遵守国道，实施善政。然而，辅国的重臣尚未得到褒奖，而昌邑国拉车的小吏却先获得升迁。您这么做势必会犯下大错啊。”刘贺听后依然无动于衷。

“抱病”在家的霍光，眉头拧得越来越紧。刘贺不断发出的诏书，已经触碰到他这个大将军的核心权力了。霍光什么都可以忍，唯一不能容忍的是刘贺频繁颁发的诏令竟然从来不与他这位大将军商量，把前朝的规制完全抛在了一边。刘贺委任原昌邑国亲信为卫尉，亲手部署宫廷的守卫也就罢了，但是他竟然还把节信上的黄色旄（即牦牛尾做成的旗子）改成了红色，这可是一个不太好的兆头。

节信是代表皇帝授权传令的一种信物，本来是红色的，但是汉武帝时，由于巫蛊之祸，太子刘据被迫起兵“造反”，因为太子刘据手中执有节信，所以汉武帝把节信上的旄改成黄色的，使卫太子手中执有的节信没了效用。刘贺改变这节信上旄的颜色，这是要通过改变兵符的颜色，收回霍光独掌的兵权啊。这个愣头青皇帝想干什么？霍光惊出了一身冷汗。

看来这刘贺并非如外界传言的一样，是个只知玩乐、碌碌无为的人。从他下的那些诏书看来，他做事只是不循常理，不懂朝廷礼仪，凭着自己的性子胡来。但是他将宫廷防卫抓在手上，又改换调兵节信的颜色，这不是想将朝政大权控制在手中吗？看来他的身边是有人在替他谋划大事呀。虽然刘贺抓权的手法有点拙劣，但如果不加控制，让他羽翼丰满，那后果不堪设想。到了这个地步，霍光不得不开始在心里盘算该怎么办了。

虽然刘贺把龚遂劝谏的话当成了耳边风，太仆张敞的上疏对他也没有触动，但刘贺身边的亲密谋臣不乏清醒之人，其中就有一个跟随他多年的门客，敏锐地感觉到了朝臣们对刘贺的不满，尤其是大司马大将军霍光手握重权，权倾朝野，但自从新帝登基后，就一直称病在家，这有点不太正常。

这位谋臣多次私下里劝说刘贺：“陛下，您若是真的想建立自己的势力，施展自己的雄图，就必须除掉霍光。否则您实施的这些诏令就不会得到有效的承认和执行。”

霍光位高权重、声名显赫，刘贺何尝不知！只要霍光在朝一日，自己就和先帝刘弗陵一样只能是个摆设和道具。相信孝昭先帝当皇帝十三年的处境和现在自己的处境是一样的，尽管心有不甘，但也只能是无可奈何。自己能从偏安一隅的昌邑王一夜之间变成至高无上的大汉天子，可以说全是霍光的功劳。帝位还没坐安稳就开始算计除掉霍光，且不说自己有没有这种实力，仅仅从做人上来讲，自己也不能这么干哪。

刘贺心里明白，霍光拥立自己为帝，并不是自己的能力和德行比广陵王刘胥出色多少，也不是霍光出于对自己的忠心，而是因为霍光觉得自己年轻，没有政治经验，更没有在朝势力的匡扶，这样的皇帝才不得不依赖他的辅政。只要霍光在朝一日，他是绝对不会把朝政主动还给皇帝本人的。先帝刘弗陵到死都没有等到能够亲政的那一天，这就是先例。霍光力挺自己上位，再怎么说都是自己的贵人啊，要除掉他未免太不仁义了。自己现在毫无根基，朝中很多事还得倚仗霍光。还是慢慢地冷落他，逐渐削掉他的势力，水到渠成时再把权力全部收回来，最后让他告老还乡比较好。凭借自己目前的实力，要除掉霍光，不仅可能做不到，说不定还会引起动乱。

想到这些，刘贺立即对谋臣正色说道：“千万不可再妄言了，大将军是三朝元老，国家的柱石之臣，我们怎么可以那样做呢？”

谋臣力劝道：“陛下，当断不断，反受其乱啊！”

刘贺故作严厉地说：“不得胡言，我自有主张。”

刘贺虽然表面上呵斥了谋臣，但是他心里也开始暗暗考量。要削弱霍光的势力，必须先得笼络人心。前期在任用昌邑旧部问题上引起了大臣们的非议，现在看来确实是操之过急，需要弥补一下。自己虽然贵为天子，但如果能主动屈尊俯就，相信也能争取一批人吧。

一想到这，刘贺立即派谋臣携带黄金等重礼主动拜访朝中大臣。当得知侍中君卿贪恋美色时，他甚至亲自写信给侍中君卿表示问候，并派遣中御府令高昌携带一千斤黄金送给侍中君卿，让他娶十个老婆。

刘贺在昌邑时平日里就大手大脚地花钱惯了，当了皇帝后，性情一点也没改变，不是今天赏赐这个人黄金，就是明天赐那个人珍宝，不几天，从昌邑携带进京的财物就告罄了。刘贺要谋臣去拜访众位大臣，礼品轻了可不行。皇宫里的财物倒是很多，但是自己刚刚当上皇帝又不便马上动用，前几天刚从宫中拿几件东西赏赐下人，就已经饱受后宫和大臣们的诟病了，宫中的珍宝等以后再取用也不迟。

天下都是自己的，还愁没有好东西？一想到此，刘贺便拟了一道道诏书，派使节携带皇帝的符节，向各地官署征集物资。

就在刘贺有所行动的时候，霍光也开始策划“废帝行动”了。霍光首先想到自己的亲信旧部、掌管全国经济事务的大司农田延年。这天深夜，他亲自拜访田延年，商讨如何对付这个令人头疼的新帝。

田延年直截了当地说：“将军身为国家柱石，既然认为此人不行，何不禀告太后，改选贤明的人呢？”

霍光叹口气说：“老夫也想如此啊，可是如果这样会不会落得个不忠不孝的谋逆之名啊？大人博学多才，可知前朝有人这样做过吗？”

田延年当即道：“当年伊尹在商朝为相，为了国家的安定而将荒诞不经的皇帝太甲废黜，后人因此称颂伊尹忠心为国。如今将军若能这样做，就会成为当朝的伊尹。”

霍光心中豁然开朗。这个伊尹可是商朝初年著名的丞相，曾辅助商汤灭夏朝，为商朝的建立立下了汗马功劳。伊尹继商汤之后又辅佐太甲为帝，但是太甲不修德政，昏庸暴虐，破坏了商汤法制。伊尹便将太甲废黜，自己代替太甲执政，才保全了商朝的江山社稷。

霍光心想，既然前朝已有先例，现在自己又有田延年的支持，还需要担心什么呢。再不行动的话，自己就有可能朝夕不保了。但是，废黜之后怎么办呢？霍光心念又是一转。伊尹可以代帝执政，那是因为他有足够的功劳和威望资格，自己可没有伊尹那样的名望，可不敢像伊尹一样公开地干代帝执政的事。皇帝还得再选一个合适的人来干，免得自己身上落下个洗刷不掉的篡逆恶名。

霍光于是当即任命田延年兼任给事中[①]一职。给事中是一种加官，虽无特定官名，却可以掌管宫禁，权力很大。随后，霍光又找来自己的嫡系车骑将军张安世，一起秘密谋划如何废黜刘贺。

不多时，长安城未央宫内外已是阴云密布，剑拔弩张。大臣们人人自危，大家都预感到会有一场剧变一触即发。每天忙着发布诏书的刘贺却似乎没有丝毫感觉。

这天，天气闷热不堪，刘贺与侍臣议政疲累后，想去狩猎放松一下。光禄大夫夏侯胜当即挡在车驾前劝阻道：“天气久阴不下雨，预示着将有人对皇上不利。陛下还是不要出宫为好。”刘贺不以为然，仍要继续出行。

夏侯胜的叔叔夏侯始昌是西汉有名的大学问家，曾是刘贺的老师，受昌邑哀王的遗嘱专门教授刘贺《尚书》。

① 给事中：秦始置，为加官，位次中常侍，无定员。所加之官或为大夫、博士或议郎，御史大夫、三公、将军、九卿等亦有加者。

因为叔叔的关系，夏侯胜对待刘贺也是忠心耿耿。他视死如归地跪在车驾前不肯让路，刘贺顿时大怒，命人将其捆绑，交官吏治罪。

负责处理此事的官员把夏侯胜冒死劝阻新帝出行的事秘密报告给了霍光，霍光吓出一身冷汗。霍光以为是张安世将计划泄漏了，便责问他。但张安世发誓并未将计划泄露半分。霍光让人连夜审问夏侯胜，夏侯胜回答说："《鸿范传》上说，'君王有过失，上招天罚，常会使天气阴沉，此时就会有臣下谋害君上'。我不敢明言君王有过失，只好说是'臣下有不利于皇上的阴谋'。"霍光、张安世闻言大惊，见夏侯胜如此博学多才，担心他再回到刘贺那边说服刘贺，便立即放了夏侯胜，并对他礼遇有加，以此换取夏侯胜的信任，收买夏侯胜。

其实刘贺身边像夏侯胜这样的忠臣本来是有很多的，然而由于刘贺始终不听劝诫，在帝位上任性而为，渐渐地，许多原来对霍光独揽朝政不满的大臣，也纷纷改变立场，反而投靠了霍光。除了昌邑的旧臣，刘贺几乎已经是众叛亲离了。

夏侯胜事件发生后，霍光认为废黜刘贺之事不能再拖，必须立即动手。他连夜与田延年、张安世商量对策，决定第二天就实施。由霍光召集文武百官对当今皇帝的行为进行商议。

第二天，趁着刘贺外出狩猎未回的时候，霍光把群臣召集在一起。

议政一开始，霍光一改议立刘贺为帝时沉缓的语调，声音铿锵，言辞激昂地说道："各位大人，昌邑王登基已近一月，然而他行事昏庸，目无礼道，老夫觉得他并不能承担维系汉室的重任，不知各位大人认同与否？"

群臣听闻霍光竟然称呼皇帝为昌邑王，又直言他不能维系汉室重任，全都大惊失色，迷惑不解。见霍光双目如电，内有凶光，群臣都只唯唯诺诺，谁也不敢发言。大家心中却暗想，这把刘贺扶上皇位的可是大将军您啊，现在又说他不能承担维系汉室的重任，大将军这是唱的哪出戏啊？

霍光早已料到群臣会有这种反应，他将目光投向了大司农田延年。

田延年会意，马上离开席位，走到群臣前面，手按剑柄，大声说道："孝武皇帝将幼弱孤儿托付给大将军，还把国家大事交与大将军，是因为相信大将军忠义贤明，能够保全汉室江山。如今朝廷被一群奸佞小人搞得乌烟瘴气，国家危亡。我大汉历代皇帝的谥号都有一个'孝'字，为的就是江山永存，宗庙祭祀不断。如果汉室江山就此倾覆，大将军以后有何脸面见先帝于地下呢？今日我们必须立即做出决断，群臣中谁若不响应或者最后响应的，我请求用剑将他斩首！"

霍光接过田延年的话头说道："大司农说得很对！新帝虽然是老夫力荐的，但现在国家因为他而不得安宁，老夫应当受到责罚。"

群臣看着霍光和田延年，明白霍光已经下了废黜新帝的决心。大臣们这些天已经对新帝刘贺的所作所为十分不满，现在见田延年慷慨激昂，霍光目露凶光，谁还敢有异议？于是都叩头说道："万民的命运，都掌握在大将军手中，一切听从大将军的命令！"

这出戏本是霍光与田延年合谋策划好的，霍光唱白脸，田延年唱红脸，两个人一唱一和，演了一出绝妙的双簧，将众大臣的立场迅速统一了起来。此时，朝廷的兵权都在霍光的手中，他已命令亲信们做好了准备。

公元前74年8月14日，距离刘贺登基刚好二十七天。刚和群臣们商议完废帝之事的大司马大将军霍光身着内甲，腰悬利剑，手握已经起草好了的废帝诏书，率丞相杨敞、车骑将军张安世、大司农田延年、前将军韩增、后将军赵充国等一干重臣，前往长乐宫，请上官皇太后主持大局。上官皇太后是霍光外孙女，此时自然是完全听霍光的。

上官皇太后依照霍光的安排，乘车驾前往未央宫承明殿，下诏命皇宫各门不许放昌邑国群臣入内。不多时，皇太后下诏召刘贺觐见。

刚刚狩猎回宫的刘贺听说太后召见，感到有点突然，问道：“太后为什么突然召见朕？”皇太后派来的侍臣没有回答，只是命宦官们将宫门关闭，并宣布不让昌邑国群臣入内。这是为了防止在诏废刘贺帝位时，遭到这些昌邑国的大臣们反抗。

刘贺吃了一惊，问道：“这是干什么？”侍臣回答说：“皇太后有诏，不许昌邑国群臣入宫。”刘贺说：“这又是为何？他们是朕的臣子啊！”侍臣不为所动。

没有了熟悉的侍臣，又见到皇宫突然戒备森严，增加了许多平日里没有见过的侍卫，刘贺终于意识到要出事了。但是他已没有思考的时间了，只能故作淡定地只身前去。

步入大殿后，只见太后身披用珍珠缀串而成的短衣，头戴凤冠，身披凤袍，一脸威严地盛装坐在武帐之中，数百名侍卫手握兵器，与持戟的期门武士排列于殿下。文武群臣按照职位高低依次上殿。太后的近臣大声召刘贺上前伏于地下，听候宣读诏书。

这时，车骑将军张安世来报太后：“微臣率羽林、期门二军已将昌邑国大小官吏全部擒获，二百多人一个也未走脱。”刘贺至此方知大祸临头，拜服于殿下，心里惊恐万分，身体战栗不止。

诏书由尚书令杨敞宣读：“丞相杨敞等昧死上奏皇太后陛下：孝昭皇帝过早地弃天下而去，朝廷派使者征召昌邑王前来，主持丧葬之礼。而昌邑王身穿丧服，并无悲哀之心，废弃礼义，在路上不肯吃素，还派随从官员掳掠女子，用有帘幕遮蔽的车来运载，在沿途驿站陪宿。初到长安，谒见皇太后之后，被立为皇太子，仍经常私下派人购买鸡、猪肉食用。在孝昭皇帝灵柩前接受皇帝的印玺，回到住处，打开印玺后就不再封存。派侍从官更手持皇帝符节前去召引昌邑国的侍从官、车马官、官奴仆等二百余人，与他们一起居住在宫禁之内，肆意游戏娱乐。还曾经写信说‘皇帝问候侍中君卿，特派中御府令高昌携带黄金千斤，赐君卿娶十个妻子’。孝昭皇帝的居丧期间，竟搬来乐府乐器，让善于歌舞的艺人入宫击鼓，歌唱欢弹，演戏取乐；又调来泰一祭坛和宗庙的歌舞艺人，遍奏各种乐曲；驾着天子车驾，在北宫、桂宫等处往来奔驰，并玩猪、斗虎；擅自调用皇太后乘坐的小马车，命官奴仆骑乘，在后宫中游戏。与孝昭皇帝一位叫作蒙的宫女淫乱，还下诏给掖庭令：‘有敢泄漏此事者腰斩！’”

听到这里，只见上官太后厉声呵斥：“停下！你作为先帝的臣和子，竟会如此悖逆荒诞吗？！”此时的刘贺被突然的变故惊得六神无主，只有伏地请罪。

尚书令继续宣读道：“取朝廷赐予诸侯王、列侯、二千石官员的绶带及黑色、黄色绶带，赏给昌邑国郎官，及被免除奴仆身份的人佩带。将皇家仓库中的金钱、刀剑、玉器、彩色丝织物等赏给与其一起游戏的人。与侍从官、奴仆彻夜狂饮，酒醉沉迷。在温室殿设下隆重的九宾大礼，于夜晚单独接见其姐夫昌邑关内侯。尚未举行祭祀宗庙的大礼，就颁发正式诏书，派使者携带皇帝符节，以三牛、三羊、三猪的祭祀大礼前往祭祀其父昌邑哀王的陵庙，还自称‘嗣子皇帝’。即位以来二十七天，向四面八方派出使者，持皇帝符节，用诏令向各官署征求调发，共一千一百二十七次。荒淫昏乱，失去了帝王的礼义，败坏了大汉的制度。臣等多次规劝，但并无改正，反而日益加甚，恐怕这样下去将危害国家，使天下不安。我们与博士官商议，一致认为‘当今圣上继承孝昭皇帝的帝位，行为淫邪不轨’。《孝经》上说，‘五刑之罪当中，以不孝之罪最大’。昔日周襄王不孝顺母亲，所以《春秋》上说他‘天王出居郑国’。因其不孝，所以出居郑国，被迫抛弃天下。宗庙要比君王重要得多，皇帝既然不能承受天命，侍奉宗庙，爱民如子，就应当废黜！因此，臣请求太后命有关部门用一牛、一羊、一猪的祭祀大礼，祭告于高祖皇帝的祭庙。”

上官皇太后当即说：“准奏。”

霍光命令刘贺站起来，接受皇太后诏书。

至此，刘贺已然明白了一切。霍光这是借皇太后之名要废掉自己啊。没想到这家伙下手竟然这么快，真是先下手为强，后下手遭殃啊！悔不该当初没有听谋臣的话，以至于有了今日之祸！

但刘贺仍心有不甘，他挺直了身子对着霍光和众臣训斥道：“古人说，‘天子只要身边有七位耿直敢言的大臣，即使无道，也不会失去天下’。因为这些耿直敢言的大臣能够辅助天子，即使天子有什么不当之策，也可以及时改正。你们不是口口声声自称是耿直敢言的大臣吗，朕若有所失，你们也有责任！”

刘贺这一番话说得义正辞严，众臣都不敢回应，大殿一片肃静。

见此情形,霍光厉声大喝:“皇太后已经下诏将你废黜,你怎能还自称天子？何况你连年号都没有，不过是昌邑旧王而已。”随即也不顾什么君臣颜面，上前抓住刘贺的手，强行将他身上佩戴的玉玺绶带解下，转身呈献给皇太后，并凶狠地将刘贺拉下大殿。在众臣的目瞪口呆中，霍光亲自将刘贺送出皇宫。

在押送刘贺出宫的路上，霍光一直在考虑接下来该怎么处理这个让他头疼万分的人。自从动了要废掉刘贺的心思，霍光一直没有想好该如何处置刘贺。

“是一劳永逸地将他除掉，还是让他回到昌邑故地？”霍光心里反复地权衡着，“自己将刘贺力挺上位，现在又将他从帝位上拉下来，刘贺的命运在短短的时间里，发生了惊天逆转。刘贺本来在昌邑国悠闲自在好好的，是自己将他带入了这种大喜大悲的境遇。”

“如果将他除去,世人会怎么看待自己？”霍光寻思着，

“自己效仿商代伊尹放逐太甲的典故而废掉刘贺，但伊尹并没有杀掉太甲，只是放逐了太甲。如果自己将刘贺杀掉，那谋逆的恶名必将背在自己身上，怕是永远也洗刷不清了。但如果不杀刘贺，他一旦回到昌邑故地，像当年燕王刘旦那样生谋反之心，以他曾经是皇帝的身份和这种轻狂的性情，只怕会被人利用。如果一旦真是那样的话，也将不利于汉室江山社稷的稳固啊。”

霍光又想起孝武皇帝当年再三地嘱咐自己要善待李夫人的后代！如果杀掉刘贺，又怎么对得起武帝当年的嘱托呢？怕是到了地下也不好与武帝见面哪！“善待！善待！善待！”武帝当年的叮嘱仿佛又在霍光耳边鸣响。这么重要的事情武帝可是说了三遍啊，从对得起武帝嘱托的角度，自己也不能杀刘贺啊。

“罢！罢！罢！既然效仿伊尹就效仿到底，还是像伊尹放逐太甲一样，让刘贺回昌邑算了，自己也落得个大度仁爱的英名！不过，王是不能让他再当了，应当废除昌邑封国，把他贬为庶民，这样他就没有能力造反了。考虑他毕竟做过皇帝，还得赐给他汤沐邑[①]二千户，让他衣食无忧。

霍光又想，“刘贺这个人留着也有他的好处，只要这个人在，将来无论是谁接任了皇位，都得老老实实地听

---

①汤沐邑：这个词语源于周代的制度，是指诸侯朝见天子，天子赐以王畿以内的、供住宿和斋戒沐浴的封邑。后指国君、皇后、公主等受封者收取赋税的私邑。而贵族受封的汤沐邑，则是一种食邑制度。

自己的话。要知道伊尹最后可是将改过自新的太甲重新迎回了帝位的。如果接任的皇帝不听话，自己将来还可以用刘贺来敲打敲打他。这个像太甲一样被放逐的皇帝，从效仿历史典故来讲，还是存在被迎回帝位的可能的。只要刘贺在，就是对接任者最有效的警告！”想明白了这一点，霍光终于下定了最后的决心。

就在霍光思前想后最终下定了决心的时候，押送刘贺的马车驶出了皇宫。刘贺下车朝着未央宫长拜道：“唉，都怪我太无能，皇爷爷，孙儿对不起您啊，都怪我无能，没法担当我们汉室大任！”

看着刘贺惶恐不安的背影，霍光顿时心生恻隐。刘贺虽然没有承担社稷重任的能力，但也不是大奸大恶之人。如果刘贺像燕王刘旦一样心狠手辣，这场争斗还不知道谁胜谁负呢，说不定自己的人头已经不在脖子上了。最重要的是刘贺不懂政治，不懂权谋，也不懂得收买人心。这样的人只要不给他权力，留着他应该也没有什么后患。这样自己还能像伊尹一样落得一个忠义的美名，对孝武皇帝临终前的嘱托也算有了交代。

在与刘贺告别的时候，霍光语重心长地说道：“大王的行为是自绝于上天，我宁愿对不起大王，也不能对不起社稷！希望大王自爱，我不能再侍奉于大王的左右了。”说完，霍光也是洒泪而去。

随刘贺进京的两百多随从，被霍光定罪为辅佐不力，使刘贺干出不仁不义的事情。除了龚遂、王吉、王式少数几个谏臣外，其余的全部被处斩。

当刘贺的这群昌邑国旧臣随从被押解刑场，走过长安大街时，他们不服地高喊：“当断不断，反受其乱！”

回到故地昌邑后，刘贺的命运又发生了哪些变化呢？

要解开这个谜，请看下一章：十年隐忍——庶民刘贺。

第六章

十年隐忍——庶民刘贺

这日暴雨如注，雷声隆隆，狂风怒吼，似有千般冤情，万般委屈。天地之间，弥漫着一股阴沉肃杀之气。在被暴雨倾泻成天地一体的混沌之中，一辆马车远远奔来，像从地狱中冒出来一般。马车的主人正是刚刚被废黜的刘贺，正被遣送回原昌邑故地。和之前被使臣迎去长安时的大张旗鼓、浩浩荡荡不同，被废后的刘贺，这个时候是无尽的孤独凄凉，他是灰溜溜地回到了昌邑故地。

好在大司马大将军霍光出于多重考虑，并没有把刘贺怎么样，不仅保全了他的性命，而且还让他回到原来的昌邑封地。只是原昌邑国已废去，改为了山阳郡。刘贺回去自然是当不了昌邑王了，但霍光还是让朝廷赐给了汤沐邑二千户，并且将从前昌邑国的家财悉数全部赐给了刘贺，让他生活无忧。刘贺的四个姐妹也各被赐了汤沐邑一千户。

年轻的刘贺还没有从执掌最高权力的亢奋中缓过神来，就被一场突如其来的宫廷政变从至尊的帝位上给拉了下来，而且身边最亲近的谋臣、仆从一夜之间几乎被诛杀殆尽，所剩无几。刘贺虽活着回到自己的封地，可从前的臣子、玩伴已经不在了，迎接他的只有空荡寂寥的王府。他曾经拥有的权力以及由权力带来的喧嚣、热闹，都已经成了镜花水月。由于被废黜回封地后，被剥夺了诸侯王的称号，那座在金山上劈山建造的陵墓，最终只得半途而废，竟成了一座废冢。

对于霍光将自己从帝位上拉下来，刘贺心中是万般无奈，怨愤不已。但是霍光并没有像对待其他昌邑旧部那样杀掉自己，刘贺又感到有些许庆幸。让刘贺最感难以面对的不是自己一朝失去了皇位，而是那些被霍光处死了的二百多昌邑旧部的家人。是自己将他们高高兴兴地带进长安去共图大业，现在却没能将他们活着带回来，每想及此，刘贺就觉肝肠寸断。自己倒是活着回家了，但是却如何去面对他们的家人哪。刘贺全然没有意识到，在这场霍光联合皇太后发动的宫廷政变中，自己的生命其实早已在刀锋上转悠过几个来回了。霍光没有杀自己，并非自己命大，而是霍光也有不得已的苦衷。

刘贺被废后，霍光和朝中大臣们又在一起商议立谁为帝。广陵王刘胥当然是依然不行，该选谁呢?

这时，曾前去迎请昌邑王刘贺进京的光禄大夫丙吉上书给霍光进言说，奉孝武帝遗诏，养育在掖庭[①]的汉武

---

①掖庭：亦写作“掖廷”、“液廷”。即永巷。汉武帝太初元年改称“掖廷”。宫中旁舍，宫女居住的地方。由掖廷令管理。

帝的曾孙刘病已如今已十八岁了。刘病已出身皇室，长在民间，品行端正，是当年戾太子的嫡孙，按辈分是刘贺的侄子一辈，具备继承大统的条件。希望霍光对刘病已详加考察，看他继承帝位是否合适。

霍光当然知道这个刘病已。当年在巫蛊之祸中，太子刘据自缢而死，并牵连甚广，数万人遭殃，刘据的王妃妾室、后代子孙几乎无一幸免，均被诛杀。刘病已当时尚处于襁褓之中，因当时负责此案的官员丙吉起了恻隐之心，舍命庇护，才得以逃过一劫，被送入郡邸狱中。

后来，汉武帝晚年生病，听身边的方士说，长安城的监狱中有“天子之气”，于是下诏派使臣通知长安各个监狱，无论罪行轻重，将在押犯人一律处死。廷尉监丙吉拼死保护刘病已，并使人传话武帝说：“皇曾孙在此。普通人都不应无辜被杀，更何况皇上的亲曾孙呢？”

这时的武帝已经意识到太子刘据在巫蛊之祸中是遭人构陷而死，自己精心培养多年的接班人太子刘据死得冤哪。他得知刘据的孙子、自己的曾孙竟尚在人世，想到自己从前竟听从小人的煽动，将自己的爱子逼迫致死，不由得老泪纵横，感慨万千，叹息道：“这一定是上天让丙吉这样做的啊！”随后，武帝下诏大赦天下。之后，丙吉将刘病已送往其母亲史良娣的娘家生活。刘病已才得以顺利长大成人。

公元前 87 年，汉武帝驾崩。临终前，汉武帝想到自己对太子刘据和卫子夫皇后的愧疚，留下遗诏，让曾孙刘病已在掖庭居住，并命掌管皇室宗籍事务的官员为他登记属籍，还郑重地将刘病已托付给霍光，要他照顾好刘病已。自此，刘病已在掖庭宫生活，其宗室地位得到了皇室承认。

霍光琢磨，这个刘病已可是一个比刘贺还要理想的人选哪。刘病已既没有强有力的外戚支援，也没有像刘贺那样成型的封国班底。他虽名列皇族，却更像是一介平民。他是戾太子的孙子，按辈分正好又是被废掉的刘贺的侄子一辈，让刘病已接位倒也是顺理成章。这个布衣没有任何依靠，当了皇帝后除了一切听他这个大司马大将军的，还能怎么样呢？再加上孝武皇帝临终时也对自己嘱咐过要照顾好戾太子的遗脉，推举刘病已接位，无论从哪个方面考量，都是最妥当的。于是，霍光把刘病已推上了皇位。刘病已接任皇位后改名为刘询，史称汉宣帝。

霍光经过对刘贺立与废的事件之后，对接替刘贺当皇帝的汉宣帝刘询也并不放心，他不时地以伊尹放逐太甲后又迎回太甲为帝的典故来敲打刘询。有一次霍光对宣帝刘询说自己已经年迈了，想将朝政还给皇帝让他亲政，以此来试探宣帝对自己的态度。没想到宣帝态度非常坚决地再三推阻，恳求霍光继续为国操劳，一切政事均由霍光决断。对刘询的此番表现，霍光甚是满意，看来这个宣帝比刘贺好驾驭多了。

宣帝刘询也熟知伊尹放逐太甲的典故。他知道伊尹可是商初的名相，为商朝的强盛立下过汗马功劳，辅佐过商朝几代君王。当辅佐到成汤的嫡长孙太甲时，由于太甲统治暴虐，不遵守成汤规制，百姓怨声载道，给国家带来了巨大的隐患。于是伊尹把太甲流放到成汤的葬地桐宫，让他在那里反省自己。在放逐太甲的这段时间里，伊尹代理行使君王权力，主持国家事务，并且接受诸侯朝见。霍光援引“伊尹放逐太甲”的历史典故废黜了刘贺，但是并没有像伊尹一样代帝执政，而是把自己这个已是布衣的皇室扶上了帝位。尽管国家大事全部都是霍光在决断，但是在形式上还是由自己这个皇帝来颁布诏令。如果没有霍光的首肯，自己是不可能接任帝位的。

宣帝多次暗自思量，霍光经常跟自己讲述伊尹放逐太甲这个典故，用意并不只是在废黜那个环节，霍光要让自己警醒的是后面的环节。太甲在桐宫居住了三年，经过深刻的反省，他终于悔悟了自己的罪过，下定决心改过自新。于是，伊尹又把太甲帝接了回来并且把国政交还给了他。从此以后，太甲帝修治德政，勤于治国，四方诸侯又重新归顺，百姓也获得了安宁。

宣帝刘询知道，霍光之所以屡次提起这个典故，用意就是提醒自己要听话。自己的前任刘贺只是像太甲一样被放逐，如果自己不顺从不听话，那么援引这个历史典故，霍光还可以把自己废掉，再迎请刘贺归位。这个被逐出未央宫回到昌邑旧地的前皇帝，就是霍光随时可以用来敲打提醒自己的一枚棋子。每次听霍光说起伊尹放逐太甲的典故，刘询就感到自己的背上仿佛顶着一根利刺一样，如芒在背，浑身的不自在。

对前任刘贺，宣帝刘询心里也有着十分复杂的心绪。他对刘贺被霍光立与废中跌宕起伏的悲境遭遇感同身受，充满同情。同时，宣帝又对在霍光的操持下刘贺存在着随时取代自己帝位的可能，充满了焦虑。这个刘贺在敢于作为方面比自己强，而且有二百多昌邑旧部可以使用，竟然都被霍光给废黜了。自己可是什么班底都没有，为了避免成为第二个刘贺，必须一切顺从霍光的意思。霍光经营了几十年的势力盘根错节，遍布朝野，权倾天下。可以说，霍光实际上是不叫皇帝的皇帝，而自己这个皇帝则只是个名义上的皇帝，说白了就是个傀儡。霍光已经六十好几了，而自己才年方十八，时间的天平在自己这一边，只能让岁月来消磨一切了。只有隐忍隐忍再隐忍，自己才有可能笑到最后。对被废黜的前皇帝刘贺，只要不威胁到自己的帝位，该优待的要优待，他毕竟是自己的皇叔，优待刘贺也可显示自己的宽厚与圣明。

所以，无论是效仿伊尹放逐太甲，还是要对得起先皇武帝的临终嘱咐，抑或是不想将来留下恶名，霍光都有不能杀刘贺的考量。尤其是霍光要留着他以制约刘询，这才是他能够保全性命的关键。然而，虽说刘贺保全了性命，生活无忧，但他已经时刻处在了霍光和宣帝的监视中。时不时便有官员上门拜访，借探望之名，行监视之实，试探刘贺是否还有重返帝位的心思。刘贺心里清楚，这些找上门来的人既有霍光的人，也有宣帝的人。

从被送回昌邑故地的那一刻起，刘贺便像变了一个人似的，曾经的意气风发、狂妄随性都没有了，他变得萎靡不振、意志消沉，仿佛一下子老了十多岁。刚回昌邑老家的头几天，刘贺每天在府中盘坐着，一言不发，滴水不进。那些过去经常交往的王公贵戚，一个个唯恐避之不及，没有人来真心劝慰自己。而那些主动上门来的基本上都是朝廷的眼线，刘贺觉得自己的人生已经没有多大的意义了。面对被杀的昌邑旧部家人们悲痛的面容，刘贺终日以泪洗面，甚至想到过自杀以谢天下。

最后还是一个已经退休回老家、侍奉过昌邑国两代大王、亲眼看着刘贺长大的老侍臣听说了刘贺的遭遇后，心疼刘贺，特地从乡下赶过来看望他。

老侍臣细细宽慰刘贺道："大王，咱不当那个皇帝也罢，皇宫太复杂太危险了，您看您这次进宫多险哪，能活着回来就已经是万幸了，那些个您带去皇宫的人可就没有这么幸运了，他们是尸骨无还哪。大王您可千万不要想不开啊，那些死去的昌邑旧部们在天之灵可还指望着您能照应他们活在世上的家人呢。您一向体谅爱护下人，这些仍然活着的人还都是您的食邑啊，他们现在可只有您才能倚靠啊。

您要是想不开,那些死去的臣属们怕是永远不得安息啊!”

刘贺听老侍臣说到死在长安的昌邑旧部，不觉心中一烫，两行热泪夺眶而出。老侍臣说得在理啊，自己如果一死了之，自己倒是解脱了，但是那些指望自己照护的人可怎么办呢？带去长安的部属们死了，他们留在世上的家人自己可是有责任去照护啊。自己不是还有二千食邑吗？

老侍臣接着劝慰道：“您回昌邑不也挺好的吗？虽说没有了昌邑王之称，但是这里有天下最辽阔的森林，还是可以供您骑马驰骋；这里有天下最好的乐师可以为您弹奏，还有天下最美的舞女可以为您舞蹈。在我们府中您依旧是至高无上的王，而且没有京城皇宫那么多的规矩，您想怎么样就怎么样，多好啊。人生无常，还是活着最重要啊。”

刘贺细细地想，自己还是太稚嫩了，在帝位上过于任性，根本就不是霍光的对手。罢了罢了，能活着回来就好，能享受生活就好，反正自己有的是钱，不能再辜负这大好的时光。想到此，刘贺立马大声说道：“给我把之前我最喜欢的乐师、舞女叫来，给我把我最爱喝的美酒端上来，给我把我最爱的千里马备好，我要享用！”

于是，没过几天，在原昌邑王府中，灯火又开始彻夜通明。钟鸣鼎食，酒池肉林，喧嚣不已，又是一派歌舞升平的奢靡景象。在山阳郡辽阔的野外，常常能看到刘贺带着一群人策马飞奔，如同狂风呼啸，巨大的烟尘掀向空中，飞奔的铁蹄如同擂响的几十面战鼓，吓得林中的动物四散而逃。较之以前，刘贺似乎更加狂妄，他肆无忌惮地骑马狩猎饮酒，迷醉于声色犬马之中。

然而，无论如何癫狂，刘贺再也无法找到过去那种纵情玩乐的趣味了。表面的放纵，依然难以解开刘贺从天堂到地狱的内心郁结，只不过是让他暂时地逃避不敢直面的现实罢了。

一天，刘贺一边喝着闷酒，一边听着乐师弹奏。几杯过后，刘贺只觉得心中的郁结越来越紧。一曲终了，他低头定定地望着盛满美酒的双耳杯，只见杯中倒影现出一个萎靡不振、畏畏缩缩、病病怏怏的小老头——这个瘪塌的倒影是自己吗？那个曾经风流倜傥的昌邑王哪儿去了？那种当年前呼后拥的气派去哪了？现在的自己，就是一只被赶下皇位的丧家之犬。不，我不能就此沉沦！那些死去的部属们还在天上看着我呢，他们的家人还在指望着我呢！刘贺想起老侍臣劝慰过自己的话，双手紧紧攥住双耳杯，将酒一饮而尽，然后“啪”地一声，将酒杯摔到地上，砸了个粉碎。

刘贺下了决心，要彻底从颓废中走出来，重新拾起这些年来已经荒废的学业，诵读经典，培养心性。他要好好地活着，既是为了自己，也是为了那些因他而死去的部属们。

就这样，刘贺在被废黜后经过短暂的疯狂宣泄之后，开始沉静下来学习。过去不求甚解的《尚书》《礼记》《论语》《易经》等典籍，刘贺找出来一遍遍地研读，竟然没有了过去的厌倦。不知不觉中，刘贺的心性愈加沉静，他整天闭门不出，只和王府中人在一起。刘贺仿佛和过去的放纵一刀两断了。

自从刘贺开始沉静以来,从前夜夜笙歌的故昌邑王府，突然变得萧瑟冷清起来。刘贺在诵读典籍之余，经常在庭院内踱步。奴仆们有的已经离开了王府，有的按照吩咐已经散去。夜深处，几盏油灯微微照亮了厢房，一轮皓月挂在当空。刘贺停下脚步，抬头望月，却只见此时明月凌空，是个赏月的好日子。可惜他的心情却充满怅然，无暇去欣赏这一轮玉盘般的月色。

忘乎所以，终招祸患。刘贺不断地咀嚼着这八个字。突然被推举为皇帝，和自己敬重的爷爷汉武帝一般，得到掌控天下的权力；却又突然被罢黜，被遣送回了老家，甚至之前的封王都被剥夺。人生起伏，此中滋味，只能自己细细品味，咀嚼每一分苦涩，每一分懊悔。刘贺停住脚步，望向天空，心想，若是当初自己能够稳重、收敛一些，如同孝文帝一样，面对突如其来的皇位，小心谨慎，是不是也能最终安稳地掌握朝中大权呢？

刘贺思绪联翩时,却感觉到月光映照下不远处的树影，竟然无风自动了一下。

刘贺惊觉，感到有人在窥视，厉声呵斥道：“是谁，还不快出来！”

只见树丛晃动几下，一个穿着麻布衣服的年轻女子从树后走出。刘贺一见，不由一愣。只见这个女子容貌清秀，眉宇之间有一种凛然之气。她穿着府中奴婢的衣饰，大概是王府中这两天新收的婢女，自己从未见过。

借着月光，刘贺细细端详，沉声问道：“你是何人？”

只见女子款款下拜：“小女罗紨，家父是严延年。”

刘贺心中一惊。他听说了朝中有一位叫作严延年的官吏，在自己被罢黜以后，上奏宣帝弹劾霍光，说他“擅自废立皇帝，没有臣下的礼规，不仁道”。刘贺对严延年为自己仗义执言心存感念，赶忙扶起罗紨，询问她父亲的情况。

罗紨对着刘贺又深深地施了一礼，长叹一声，将严延年弹劾霍光后的情况向刘贺细细道来。

原来严延年弹劾霍光的奏章压根就没有能够到达宣帝的案头，在霍光把持的朝堂里，严延年的弹劾奏章如同石沉大海，没了声音，却让霍光心里起了十二分的忌惮。之后，严延年又弹劾当初和霍光一唱一和的田延年，结果却引火上身，反被田延年弹劾，霍光要拿他问死罪，严延年得知消息后连夜逃亡在外，连家都不敢回。而严延年的家眷，也因此不得不颠簸流离，辗转逃亡。在逃亡途中罗紨和家人失散，不知道流落何方。哪知道，竟有如此巧合，被刘贺府上作为佣人招入。自从知道自己竟然进入了故昌邑王府后，罗紨就一直在寻找机会和刘贺见面，今夜见刘贺独自一人对着月光怅然若失，她隐在树阴里正想上前，不想正被刘贺发现。

听完罗紨的述说，刘贺对罗紨油然生起怜惜之情。同是天涯沦落人，归根结底罗紨也是因为自己而与家人失散流落，她现在虽然是罪臣家属，但自己有责任照护好罗紨。见罗紨容貌秀丽，刘贺心中一荡。刘贺索性将罗紨纳为妾室，让她终日陪伴在身旁。

很快，几年的时光转瞬间就过去了，历史的大幕又开启了新的篇章。

公元前68年，四朝权臣霍光因病去世。刘贺的继任者，汉宣帝刘询终于得以在霍光去世后真正掌握朝政大权，而这时他已经当了四年的皇帝。

与轻狂率性的刘贺不同，甚至与汉朝其他所有的皇帝不同，汉宣帝刘询在民间长大，幼小时就遭遇险异，这种遭遇让他成为一位忍辱负重、深谋远虑、厚积薄发的帝王。宣帝刘询深深知道，霍光的权势很大，自己的生死存废完全决定于他；自己可以说是以一介平民的身份被霍光推举为皇帝的，和以诸侯王的身份入主长安，且有众多昌邑旧臣辅助的刘贺相比，自己更加显得势单力薄，仅凭着一个皇帝的称号是不可能和权倾朝野的霍光相抗衡的。刘贺便是前车之鉴。汉宣帝决定隐忍，所有朝廷大事都悉数听从大将军霍光的安排。他在登基之初立即加封霍光食邑一万七千户。连同之前所封的，霍光的封邑竟然有两万户之多。前后赏赐的黄金多达七千斤，钱六千万，各色丝绸三万匹，奴婢一百七十人，马两千匹，上等住宅一所，等等。霍光要还政于他时，他也坚决不予接受，对霍光一直尊敬有加，谦恭有礼。哪怕是与自己同甘共苦的许皇后被霍光的继室霍显谋害后，他都隐忍不发，还满足霍家的愿望，将霍光之女霍成君立为皇后。

霍光去世后，汉宣帝亲临吊丧，以帝王规格厚葬霍光于茂陵，赐谥号为“宣成侯”。霍光死后，宣帝开始一步步削弱霍氏家族的力量，通过明升暗降、解职、调职、制度改革等措施，逐渐架空霍家集团的官员，将朝政、兵权逐步收归己有。并借清查许皇后被霍家谋害一案，将霍家逼上谋反的道路，最终名正言顺地一举歼灭了在朝廷盘踞了几十年的霍家势力。自此，汉宣帝刘询确立了他的绝对统治，成为大汉帝国真正的主人。

霍光死后，宣帝刘询不再有“芒刺在背”的感觉。背上的那根“利刺”终于消失了，刘询感到一身舒坦。在剿灭霍氏家族后，刘询感到像是搬掉了压在自己心头的一座山。他把关注的目光投向了那些对他帝位有潜在威胁的人，那位当年被霍光经常用来敲打自己的前皇帝刘贺，便是其中之一。刘贺虽说是被遣回了昌邑旧地，又没有了昌邑王的封号，不过是区区一介平民。但是那里毕竟是他父子俩经营了几十年的地方，谁知道他背地里会不会有谋反之念、谋逆之举呢？当年燕王刘旦不是也曾经勾结朝中大臣，两次企图谋反吗？虽然从自己安插在刘贺身边的亲信这些年报告上来的情况看，这个前皇帝刘贺已经没有了觊觎帝位之心，据说经过短暂的狂放宣泄之后，沉迷于书籍之中，已经是个十足的书呆子了。但是，自己还是难以对这个皇叔彻底放心哪。

刘贺知道霍光死去的消息时，对这个自己日思夜盼了好多年的消息，心里头竟然没有一丝一毫的兴奋。

自从被霍光从帝位上拉下来，刘贺天天都盼着霍光早死。每每想起自己被霍光操纵不能自主的坎坷命运，刘贺心里头对霍光就恨得牙根发痒，千万次在心里诅咒，恨不得生食其肉。可是，当得知霍光真的死了的时候，刘贺心里头感觉到的竟然是有几分失落，对霍光竟然一点都恨不起来了。刘贺甚至隐隐地对霍光的死还感到有几分惋惜。

凭心而论，刘贺对霍光的执政能力和政治手腕还是很佩服的。霍光让自己经历了从王到帝的惊喜，又历经了从皇帝到庶民的噩梦。作为大汉曾经的天子，自己的命运竟然完全被掌握在霍光的手里，一点都不能自主。霍光控制皇帝就像玩弄一个道具一样，从这一点来说，自己对霍光应当恨。不光是自己恨霍光，相信同样被霍光控制过的孝昭帝刘弗陵和宣帝刘询也会这样想。但是，霍光主持朝政的几十年间，无论是辅佐昭帝刘弗陵，还是辅佐后来的宣帝刘询，他夙兴夜寐，一力担当，对大汉江山还是很有功劳的。即使霍光把自己从皇帝废为庶民，他也是举着维护汉室江山社稷的大旗，加上当年自己在帝位上确实也有些事处理得不够妥当，让霍光抓住了把柄，霍光找借口废掉自己的帝位，也并不是完全没有理由。

尤其是自己被废为庶民后，霍光对待自己这个前皇帝也还是和其他庶民有所区别的,赐给了自己两千户食邑，尽管没有像当年昌邑王时那样风光，但比起一般的庶民强多了。不仅原昌邑王府衣食无忧，甚至还可以接济那些在长安被杀的昌邑旧部的家属。自己除了没有相应的政治权力，生活待遇已像诸侯一样足够优厚。作为大汉朝的四朝元老、孝武皇帝的托孤重臣，霍光这几十年主持朝政的作为也算是对得起武帝的嘱托了。如果换了其他人，国家肯定没有现在这样欣欣向荣的局面。想到这里，刘贺心里头对霍光只有敬佩没有了恨。他甚至暗自担心，霍光死后，汉室江山会不会受到影响。

霍光死了，刘贺感到套在自己脖子上的那根绞索终于可以松动了，但是埋在心底的另一种更深的隐忧却越来越重。他知道，宣帝刘询其实对自己是不放心的，这几年上门来探视的那些人，既有霍光派来的，也有奉宣帝旨意而来的。自己虽然已是庶民，但是前皇帝的身份肯定会让当今的皇帝心有所忌。虽然被逐出长安后自己早就已心灰意冷，无意朝堂之事。但是当今皇帝如果对自己有所猜忌的话，怕是离大祸临头的日子就不远了。

刘贺又想，当今皇上论辈分还是自己的侄子，自己是皇叔，大家还是一家人呐。皇上在霍光的影子下执政这么几年，不过也是个摆设，心里头一定也是很不舒坦的。说不定，他对自己的遭遇会感同身受，念在同宗的叔侄之情，重新封赏自己也未可知，那样自己就可以像过去一样去宗庙向列祖列宗行朝祭之礼了。

刘贺对行宗庙之礼最为看重，他认为作为皇室，不能去宗庙献祭，这比杀了自己的惩罚还要重。只是，必须让皇上知道自己对皇位已经毫无觊觎之心，只有彻底消除了皇上的疑虑，自己才可能有朝一日再去宗庙给列祖列宗献祭。但是，怎么样才能让皇上知晓自己的心思呢？

刘贺思考良久，决定给宣帝刘询写封信，表明自己的心迹。刘贺在信中言辞恳切地说道：

罪臣刘贺昧死跪言：

臣刘贺生性愚钝，没有才能，未能够继承先祖皇帝的大业，也不能顺应天下百姓的民心。身负不肖的罪过，即使万死也无辩驳的念想。

陛下仁慈，对臣下的罪过以赦免，还赐给贺几千户食邑。贺作为一介庶民，也时常想念陛下的恩德，并常常自省以悔过自新。数年来，节俭克己，从不懈怠，攒下了些许金财。如今，愿将这些金财呈给陛下，进贡给宗庙，以表示自己的心意和听从陛下教诲的感恩。

这一天，宣帝刘询接到了山阳太守报来的刘贺写给自己的信。信虽不长，但情真意切，让人动容。宣帝刘询对刘贺在信中提到的希望有朝一日能够让他去宗庙行祭献之礼的请求，还是感到有点意外。刘贺真的像在信中所说的那样已经彻底悔过自新了吗？看信中所言，这个当过前皇帝的皇叔确实是够可怜的。从暗线报给自己的情况看，刘贺信里所写的内容是可信的。如果刘贺已经悔过自新，对帝位构不成威胁，看在他毕竟是自己的皇叔的份上，可以考虑给予相应的安排。再说霍光死后，朝政大权已全部在自己手里，刘贺即使有什么想法他也没有办法。但是，对刘贺还要再看一看，试一试，要派一个能够理解得了自己心思的人去山阳郡任太守。

宣帝刘询选中了刘贺当皇帝时曾经劝谏过刘贺的张敞去山阳当太守。

公元前 67 年 5 月，张敞来到了山阳。

张敞是个很有能力的官员，为官清廉，勇敢正直，曾经多次上书言事，在刘贺当皇帝的期间，张敞担任的是掌管皇帝车马的太仆一职，与刘贺比较亲近，也曾经劝谏过刘贺。在霍光把持朝政期间，张敞还因为刚正不阿而得罪过霍光，受到排斥，仕途一直不顺，直至霍光去世。

此次被宣帝重新启用任山阳太守，张敞心想，宣帝明明知道自己在刘贺为帝时，因为掌管皇帝出行的车马，和刘贺有着比较亲近的关系，为什么偏偏就让自己去山阳任职呢？张敞觉得自己对刘贺并没有什么恶感，甚至还有几分亲近感。在他看来，刘贺对待下人比较亲和，是个心地善良之人，这在王侯中是比较难得的。自己当时就任太仆时，刘贺对自己也很好，没有一点皇帝的架子，一高兴起来赏赐也给了不少。刘贺只是执政经验不足，处事过于任性罢了。如果不是遇到霍光这样强势的权臣，刘贺说不定现在皇帝当得好好的呢。

张敞心想，宣帝让他来当这个太守，难道真的是为了监视前皇帝刘贺吗？张敞相信宣帝这么些年对刘贺的监视肯定一刻都没有放松过，刘贺如果有觊觎帝位之心，肯定逃不过宣帝的耳目，哪里还会让他活到现在。而宣帝明明知道自己和刘贺有私谊，还宣召自己任山阳太守，莫不是想念在和刘贺的叔侄之情的份上，让自己在监视刘贺的同时，将刘贺的情况适时奏报，为将来封赏刘贺做铺垫？

一想通这个关节，张敞觉得脑中灵光一闪，心头豁然开朗。张敞知道，刘贺不仅是前皇帝，也是当朝的皇叔啊。只要刘贺不生觊觎之心，为彰显皇上的仁圣，对这个眼下是庶民身份的皇叔，宣帝极有可能会以仁待之，给予封赏。

善解上意的张敞不敢有丝毫怠慢。尽管猜测到了皇上的意图，但作为山阳太守，监视刘贺这件事是绝对不能马虎的，面上的事该怎么做还得怎么做才行。不然，给宣帝的报告不好交待。

据刘贺府上的线报，刘贺回昌邑后，在短暂宣泄后很快就归于沉寂，整日里手捧圣贤典籍，俨然成了一个书呆子。这可不像当年那个任性的故昌邑王啊。

得知张敞到山阳任太守后，刘贺心想，宣帝派这个以刚直著称的能吏来到山阳当太守，这是要加强对自己的监视啊。看来，宣帝并没有因为自己给他写了信而放下对自己的疑忌，反倒是更加在意他这个前皇帝了。若是让宣帝以为自己仍有觊觎帝位之心,那怕是立马要招来大祸了。刘贺没有想到，他向宣帝写出的那封信，其实已经在宣帝心里嵌入了一个楔子，宣帝只是在等待合适的机会而已。

对于张敞，刘贺是了解的。当初自己当皇帝的时候，张敞是自己的太仆，可以说是身边的近臣。那个时候张敞就是少数几个敢于劝谏自己的大臣之一。刘贺还依稀记得张敞当年劝谏自己应该与朝中大臣多多亲近，而不应该先封赏自己带去的昌邑旧臣。张敞在劝谏自己的时候，据理力争，对自己这个皇帝没有表现出丝毫的惧怕。这个张敞刚正不阿，颇有胆识，甚至敢顶撞霍光。面对张敞，自己的一言一行都必须更加小心在意。刘贺决定深居简出，就连奴婢也禁止他们随意出入王府，以防招惹是非。

这一日，刘贺正在府内读书，有奴仆前来告知，说太守张敞前来拜访。刘贺一听，心想张敞这是借拜访之名，亲自打探虚实来了。

张敞进了原昌邑王府，只见一片萧瑟之气，庭院中的植物仿佛有多日未曾得到修剪，落叶满地。几个无精打采的奴婢在府内走动，却不见他们对话。

在庭院中，张敞站了一会儿，只见一位身材比较高大的男子手里拿着竹简，脚步有点蹒跚地走上前来拜见，正是刘贺。

张敞细细端详，这位曾经的皇帝已和过去大不一样了。他过去在帝位上的骄纵神色已经不再，手里的竹简竟也是反着拿的。张敞先前已经从刘贺手下的家奴那儿打探出来了消息，脚步蹒跚的刘贺是得了风湿病。

寒暄了几句，张敞问道："故昌邑王在这里还好吗？如果有什么需要我帮助的，可以直接告诉我。"

刘贺没有马上接过张敞的话，他望着院中的一棵枯树，神情好像发呆一样半晌不语。良久，刘贺才缓过神来，有些迟疑地说道："阁下好意，贺心中十分感激，可我思索再三，好像提不出什么需求啊。"张敞见刘贺的反应有些迟缓，暗暗感叹人生无常。从前那个张狂的皇帝，那个对自己的谏言不屑一顾的皇帝，如今竟然变成了这副木讷的模样。

几个奴仆早已在庭院中摆下酒宴。刘贺引着张敞坐下。酒过三巡，只听见树上传来几声凄厉的猫头鹰的叫声。张敞暗想，猫头鹰这种鸟素有恶名，传言说会啄食自己的母亲，民间常常把猫头鹰的叫声视为是不祥之兆。张敞决意借猫头鹰再试探一番，看看刘贺的心境。

张敞感叹道："不想府上竟然有如此多的猫头鹰，为什么不将它们逐出府上呢？这可是不祥之物啊。"刘贺张惶地应了一声，面无表情地继续回答道："是有很多猫头鹰。从前我西行去长安的时候，根本就没有猫头鹰，回来后不知怎么回事就经常听到猫头鹰的叫声。别人也说府上有猫头鹰是不吉利的，但是我也懒得去理会。"刘贺说自己府上有猫头鹰好像是说其他人府上一样，心里头竟然没有丝毫不安的感觉。

酒宴中，刘贺的家人陆续前来拜见。刘贺也一一为张敞介绍，张敞默默地用心记下。他见刘贺谈吐之间，语调单一木讷，也无多少感情起伏；说话既不忌讳，也不防备，好像丝毫没有什么心机。

张敞心中有点疑惑，前些天还有人报告说刘贺整天诵读圣贤之书，按道理来讲，他不应该是这种木讷的反应才对啊！张敞心中一动，莫非，莫非这个当年任性无比的刘贺，经过人生的剧烈跌宕后，竟然也学会了伪装，将真实的自己伪装起来。张敞心里对刘贺不禁暗暗称奇。

宴会结束，张敞决定告辞。此时已是黄昏时刻。只见刘贺惶恐地站立在夕阳照射的庭院中送客，刘贺本来比较高大的身躯现在已经明显萎缩，在黄昏中更显得瘦小了许多。张敞看着故主，一时觉得他既可怜又可悲，有许多话想说却不知该如何开口。他知道，自己虽和刘贺非亲非故，只是曾经为人臣子，现在看到刘贺表现出这副落寞凄凉的模样，心里头多少有些不忍。他朝刘贺揖揖手，赶紧离去。

又过了几年，公元前 64 年，此时离刘贺被废已有十年了，汉宣帝派使者给依然是山阳太守的张敞玺书，说："诏令山阳太守，要谨慎防备盗贼，注意往来过客，不要泄露这条诏令！"这诏令，粗看不明所以，实际上的意思却是要张敞详细地汇报刘贺的情况了。

于是，张敞根据平日里刘贺府上人的线报，和自己多次派人探访的结果，向宣帝刘询分条禀奏了刘贺平日的行为，说明刘贺被废之后的情况特别是落寞凄凉的状态。张敞奏道：

臣下张敞，是地节三年（公元前 67 年）五月来到山阳郡任职的，至今已经有三年。

原昌邑王刘贺，如今还住在以前他当昌邑王时的王府中。臣下上任太守以后，因为曾经和刘贺也算是故交，也曾经多次派官员以慰问之名，探听虚实。后来臣下又专门上门探访。

据我们了解，目前，刘贺共有一百八十三个奴婢。可是，刘贺王府的大门总是关着，除了他自己，很少有外人进出。王府有一个小门，他们经常差遣一个干练的差役通过这个小门，外出采买食物，每天早上送一趟食物进去，此外，就几乎没有人出入了。另外还有一名侍卫管巡查，会注意往来的行人，看有没有什么异常。刘贺还花重金雇了守卫，保护府中安全，防备盗贼。

臣张敞上任的第二年，曾经进府查看过刘贺的情况。当时，刘贺约有二十六七岁，脸很黑，小眼睛，鼻子尖而低，胡须很少。他身材虽然很高大，但是患上了风湿病，行动不便。他穿着短衣大裤，戴着惠文冠，佩戴了玉环，头发上插着簪笔，手拿着木简。臣下和他寒暄了几句，然后坐在庭院中交谈。

臣下为了试探他反应是不是如传说的那样不再灵敏了，便用恶鸟为话题试探他："昌邑这儿，猫头鹰真是多。"刘贺也不避讳，说昌邑是有很多猫头鹰，从前他去长安的时候没有猫头鹰，回来后，东行到济阳，才又听到猫头鹰的叫声。看来刘贺确是如传闻中的那样，反应迟钝，而且心思不灵敏了。

臣下还看到了他的妻子和奴婢。当时有一人拿着辔头[1]。我见有一人拿着辔头，便多瞅了几眼。刘贺见状，便跪坐着介绍道："拿着辔头的人的母亲，是严长孙的女儿。"听他一说，我方才知道，原来严延年的女儿，竟嫁给了刘贺。严延年是有名的酷吏，执法严峻、苛刻、残暴，曾经也因上奏弹劾霍光"擅自废立皇帝，没有臣下的礼规，不仁道"，被霍光追捕，负罪逃走。他如此愚笨，竟然也不避讳这一层关系。

据臣下观察，故昌邑王他早已不是当年那个轻狂任性的人了，反而有些癫痴、愚笨。他有十六个妻妾，二十二个儿女，其中十一个是儿子，十一个是女儿。他过去的老仆、下人患病了，他竟然说让他们早点死了算了。可见，刘贺也早已将孔孟之道弃之脑后，没有了仁爱之心，不再仁义。

汉宣帝认真看了张敞的奏报，再结合其他暗报，认为刘贺在经历被废黜、被削去王号之后，已经一蹶不振，不足为患了。宣帝又联想到当年自己的岳父许广汉在昌邑国为官时，昌邑哀王对他有恩惠。宣帝思前想后，最后心中判定：若是刘贺再无逆反之心，则可以善待；若是有叛逆之意，则应该剪除其根基。最后，宣帝决定还是留着刘贺的性命为好，免得自己落下恶名，甚至可以给他一个合适的爵位，这样还能表现出自己的仁德。但是，

① 辔头：为了驾驭马、牛等牲口而套在其颈上的器具，一般由嚼子和缰绳组成。

考虑到刘贺作为昌邑王，在故昌邑国经营多年，颇有根基，为防止他觊觎帝位，得将他迁徙到人生地不熟的偏远地区比较稳妥。

山阳郡，山阳郡，山之阳，运势强。难怪刘贺废黜后竟然能够十年过得好好的。不宜再让他呆在那里，得把他迁到一个潮湿之地，以冲抵他的运势。宣帝找来侍中、卫尉金安询问，并说出自己的意思。

金安说道："最南边蛮荒之地的豫章郡，内有彭蠡泽，水势险恶，常常发生水患。彭蠡泽畔有个海昏县，寓意水之西，正好与山之阳相对。不如就把故昌邑王封为海昏侯，让他到那个地方去，折抵他的运势。"

汉宣帝大喜道："很好！"沉思片刻又道："可是封了海昏侯，他不就可以入京朝拜祖庙了吗？"

金安立刻领会皇帝的心思，遂上疏道，"原昌邑王是大行不义之道的废帝，是被上天抛弃的人，本应该为庶民。现在陛下至仁，竟然将他封为列侯。但原昌邑王是个愚顽废弃之人，封侯之后恐怕也不宜奉行宗庙及入朝行朝见天子之礼。"

这个意见深合汉宣帝的心意，立即下诏准奏。

元康三年（公元前 63 年）三月，宣帝下诏："曾闻舜弟象[①]有罪，舜为帝后封他于有鼻之国。骨肉之亲明而不绝，现封故昌邑王刘贺为海昏侯，食邑四千户。”

刘贺就这样被封为海昏侯，封地位于当时远离京城的豫章郡内，即今天的江西南昌。

刘贺被封海昏侯之后的命运如何呢？要解开这个谜，请看下一章：鄱阳湖畔任逍遥——海昏侯刘贺。

① 象：姬姓，帝舜的异母弟。传说，象在其母怂恿下，曾多次谋害舜，皆未得逞。其后，象被舜所感化。舜即位后，封象为有鼻国国君。

第七章

鄱阳湖畔任逍遥——海昏侯刘贺

上文说到已做了十年庶民的刘贺被汉宣帝封为海昏侯，封地位于当时远离京城的豫章郡内。

关于“海昏”的意思，历史资料尚无解释。从文字学的角度理解，海除了大洋靠近陆地的部分，有的大湖也叫海，如青海；北方和高原地区也常把湖称为海。例如北京的北海、中南海、后海，云南的洱海等等。至于“昏”字，在甲骨文中写着：一个侧立着的伸出一只手的人，手下面是一个太阳，本义是黄昏。古人依据太阳的升起和落下来辨别东西方向。“东”字的字形是太阳刚刚升起到树干，因此表示“东方”。那么，太阳落到人的手下的“昏”也就自然而然地表示“西方”了。因此，把“海昏”翻译成现代汉语就是“湖西”，或者说“鄱阳湖的西面”。而豫章郡，为高祖五年（前 202 年）所立。高祖曾以英布[①]为淮南王，置淮南国，领衡山、九江（包括后来的六安国）、庐江、豫章四郡。

①英布：秦末汉初名将。初属项梁，后为项羽帐下将领之一，封九江王，后叛楚归汉，汉朝建立后封淮南王，与韩信、彭越并称汉初三大名将，前 196 年起兵反汉，因谋反罪被杀。

公元前 65 年，新任海昏侯刘贺带着大箱小箱的万贯家财，率家人仆从浩浩荡荡，过长江，沿着豫章江[①]、彭蠡泽[②]而上，千里迢迢来到了豫章。这些浩浩荡荡的队伍中，有相当一部分是当年随他进长安后被霍光杀掉的那些昌邑旧部的家人。刘贺宣布，凡是愿意继续跟随自己的，可以随自己一起去海昏国，他绝对不会落下一个，绝大多数昌邑旧部的家人选择了跟随刘贺一起走。尽管刘贺对宣帝让自己离开生活了三十年的故国昌邑有些许惆怅，尤其是宣帝诏令自己在海昏侯任上不得进京行宗庙祭拜之礼，更是让他感到心里头百味杂陈。刘贺转念一想，宣帝封自己为海昏侯，虽然比不上昌邑王，但毕竟走出了第一步，有了这一步，才有可能走出第二步，相信一步会比一步走得好。

刘贺到达封国的时候正值春天。江南的春天与北方很是不一样，风是柔和的，空气是清新的，太阳也很温暖。但见豫章古城，高大的城墙，周围长达十里，辟有六道城门。南有南门和松柏门，西有皋门和昌门，东北面为东门和北门。城内建筑虽不如中原地方繁华，但自有一番风味。让刘贺对这个所谓的南蛮之地不禁刮目相看。

豫章城西北部布满了大大小小的湖泊，其中的太湖（现名为东湖），碧波浩渺，绵延十里。太湖旁边水田里

① 豫章江：今赣江。

② 彭蠡泽：也称彭蠡湖，为鄱阳湖古称。

的稻苗，像一片绿油油闪亮的海；弯弯的湖边，柳枝绽出了新芽；芦笋也冒出透青的绿叶，好一派江南秀美风光。湖泊边上还有不少朴实的村妇在洗衣淘米，欢声笑语，跟随粼粼波光荡漾着。刘贺深深地叹了口气，不禁感叹道：“如此良辰美景，岂可辜负？”

汉宣帝刘询赐给刘贺的海昏国都城紫金城，也足够巍峨雄壮。只见城内楼阁高耸，以阶基为依托，将一座座楼阁连成一片坚固的群楼，气势雄伟。层层楼阁两边结实的檐柱，宛如挺拔的巨兽，极其威严。楼顶处八角柱上高高耸立的斗拱，为这座迥异于江南建筑的都城平添了几分庄重。楼阁门窗雕刻考究，上有孔子圣迹图，孔子见老子、孔子授徒、孔子适陈等等，精致的画像，栩栩如生，美轮美奂。

海昏侯刘贺到任之后，见紫金都城巍峨壮丽，封地风情古朴优美，村民热情淳朴，不禁欣喜异常，于是决定大宴宾客。刘贺从昌邑带来的乐师奏起了韶乐，舞女们跳起了华美的宫廷舞。豫章郡臣民第一次见识到华丽的中原舞蹈，不禁大开眼界，竞相模仿。自此，中原的宫廷舞开始传入了豫章。

刘贺在海昏侯国安定下来后，他要做的第一件事就是为自己寻找一块风水宝地，用来给自己修筑墓地。本来刘贺早已在昌邑国花巨资人工开凿的一处绝佳大墓地。墓地选在泰山的余脉金山，刚好与父亲的墓地相对而立。当初满以为会终老昌邑，不料后面的命运来了个大逆转。从昌邑王到帝，又被废至庶民，再到封侯海昏。反正昌邑是不可能回去了。这辈子应该就是在这里安度了，还是赶紧寻觅一块风水宝地要紧。

经过一段时间的考察和研究，刘贺最后决定把墓址选在彭蠡泽（鄱阳湖）西边，背靠飞鸿山（后称梅岭）。这个地方依山傍水，可谓洞天福地。

刘贺亲自参与墓园的构造设计。他设计的整个墓园区占地面积很大，主墓室全部用上等木料构成①。墓园的配套设施一应齐全，与刘贺实际生活中的祠堂、寝宫、便殿、厢房以及道路和排水系统一模一样，一个都不能少。

对于大墓内部的设计，刘贺将其分为堂和室，右侧为室，在东面，将来给自己在冥界居住；左边为堂，在西面，作为自己在冥界处理事务和宴请宾客的地方，同时用来摆放自己钟爱的宴饮器具、装饰器具等。他还设计了几个藏阁，待将来自己在冥界，存放金银宝贝和生前使用的各种重要器具，这些都要放进墓内。

刘贺对整座墓园以及地下墓室的设计相当讲究。他用了将近四年的时间，才将墓地建成，这个墓代表了当时木质结构地宫的最高水平。

---

①楼庆西教授在其著作《中国古建筑二十讲》说到：全部用木料构成的地下墓室可以说代表了木构地宫（汉代）的最高形式。

初到豫章，刘贺经常骑着心爱的宝马飞驰于山川田野中，沐浴着江南独特的春风暖意，心旷神怡之余还会观赏村民的劳作，走进村庄看看男耕女织的百姓日常。他发现这里的村民虽勤于耕作，但是常常还会有人食不果腹，尤其是到了冬季，常常饥寒交迫。刘贺想起自己在昌邑国时，只要不是天灾人祸，一般情况下，百姓勤劳耕作，就都能解决温饱问题。这里地处江南，土地肥沃，水网密布，良好的自然条件使水稻成为主要的粮食作物。但是为什么会出现食不果腹这种情况呢？

刘贺找来当地的里长、亭长等熟知当地百姓生活的基层官员询问。亭长叹气道：“我们这里之前是荒蛮之地，无人问津，一直到高祖初年才建郡，有所规划。但是距离京城太远了，也没有人来教大家如何耕作，耕作工具都已经老化了。”刘贺这才明白，应该是这里的耕种条件落后所致。

刘贺自己又不懂这些农业技术，他甚至有些悔恨，自己当初在昌邑国没有好好处理政务，没有深入百姓生活，以至于想帮忙但心有余而力不足。

刘贺有个叫芮有的近侍看到刘贺接连几日都眉头紧锁，愁苦不堪。遂问刘贺为何如此。刘贺叹息道：“前几日我在城内转悠，发现百姓的粮食收入不济，有时候连田租和人头税都交不上。亭长说是因为耕种条件落后造成的。”近侍说道，“侯爷，小的自八岁起就跟着父亲一起在田间劳作，一直到二十岁跟了您。如果您信任小的，小的愿意把曾经学到的耕种方式教给这里的百姓。”刘贺高兴地说：“好啊！只要你能帮助当地百姓摆脱贫困，我会重重赏赐你。”

芮有赶紧找到当地的铁匠，按照自己的记忆指导铁匠造了一把犁壁。犁壁长宽均约四十厘米左右，重达十公斤。芮有选择一户人家教导他们如何使用犁壁翻土、松土、开沟。当地百姓之前都是用锄头、铲子的，又慢效率又低。很快地，犁壁就在当地推广开来了。

刘贺看到芮有真的有这种能力，重重赏了他百斤黄金，并授意芮有继续改进当地的农耕条件。芮有特地划船回到老家山东学习了一段时间，回来时又把北方的“代田法”[①]耕作方式引入豫章。有了犁壁这些工具，“代田法”推广起来就更加容易了。果然，一年后，当地就获得了大丰收。这种先进的耕作方式极大地促进了当地的农业生产，使豫章成为汉代富庶之地。

豫章这里还有浩渺的淡水湖——彭蠡泽，河港纵横，丘陵密布。刘贺常常在彭蠡泽划舟而行，波光粼粼的水面上，不时有鱼腾空跃起，引得鸟儿们一阵追逐。每到迁徙季节，成百只白鹳或漫步在水边的草地或沼泽地上，步履轻盈矫

① 代田法：其法是亩地开三条沟，沟宽一尺，将种子直线地播在沟里，而不是播在垄上。在除草过程中，土逐渐从垄上填进沟里，培护苗根，这样，在仲夏时，垄和沟相平，作物扎根深，可抗风旱。次年，垄和沟的位置再倒换过来。新方法的名称就是这么来的。与这种改进的耕作法同时出现的是一种有双犁头的犁，它需要用两头牛来拉，三个人带领。由于这些进展，据说是亩产大约增加二十公升，如果管理得好，还要加倍。

健，或盘旋在上空，潇洒雀跃。他突然灵机一动，彭蠡泽岂不是捕鱼狩猎的最佳场所？如果鼓励百姓发展捕鱼狩猎这些副业，那百姓不是又增加了一项收入吗？于是他下令在他封地所属的大山、湖泊里，百姓可以采伐、捕鱼。慢慢地，这里人民的生活水平渐渐提高，安居乐业。相应地，刘贺的封国也逐渐富庶起来，一派生机盎然的景象。

或许是经历过翻天覆地的人生剧变，刘贺早已看淡了人生。或许是过去所受的教育与丰富的阅历，又使得他对生活有了另一番况味。总之，刘贺已经从过去对权力的恋栈中走了出来。闲暇之余，刘贺常常登上飞鸿山，顿时有一览众山小的感觉，于是感到胸襟开阔，心灵敞亮。不过刘贺更多的时间还是用于读书，作诗，听乐府乐队演奏。他反复研读《诗》《书》《礼》《易》《春秋》。少年时候读起来不求甚解的这些典籍，现在他每读一次，就有不一样的体会。有所体会，他就会随手记下来，以至于书刀[①]成了他离不开的随身之物。

渐渐地，现有的经书典籍已经不能满足刘贺的阅读需求了。他想起爷爷武帝曾下令在全国搜寻遗书[②]。当时，由于秦朝的“焚书坑儒”以及“挟（藏）书者族”法令的实施，古老悠久的中华文化面临着中断的危险。面对这一

---

① 书刀：古称削，汉人称书刀。指在竹木简上刻字或削改的刀。

② 遗书：指前人的遗著、遗作以及藏书。

形势，汉初在民间开始搜求遗书，到汉武帝时期达到高潮，并形成了制度。《古文尚书》《礼记》《论语》《孝经》就是从孔府墙壁中搜得的。

刘贺决定也效仿孝武帝到豫章郡各地搜寻遗书，下令“献书者，重赏”。一时间，豫章郡内上下民众，包括流窜于市井小巷里的贼子，都到处寻摸遗书。以至于那段时间豫章郡内的烧杀盗抢案都少了很多，却兴起了识字读书的风潮。

经此，刘贺确实搜集到了不少诸子经书、民间乐府和黄帝内经，比如《诗》《春秋》多家，《乐记》多篇，《伊尹》多部。刘贺特地建了一个藏书阁，用以收藏这些搜寻到的典籍，有暇即认真研读。

有一次，当地的县令来拜访刘贺，看到刘贺正在藏书阁里整理典籍，便对刘贺说：“侯爷是不是很崇拜圣人孔子？”刘贺点头称是。

县令继续说道：“那侯爷可知圣人七十二门徒中的澹台灭明？”刘贺高兴地回答：“当然，澹台灭明虽然长相丑陋，不受孔圣人喜爱。但是他勤奋修行，积极传播儒家之道。是我很崇敬的夫子。”

听到这里，县令微笑道：“侯爷有福了。澹台灭明曾经在我们豫章游学过，仙逝后，还葬在了此地。”刘贺赶紧从位置上起身，大声说道：“在哪里，在哪里？快带我去！”

县令立即带刘贺前往澹台灭明位于太湖边上的墓地（今南昌心远中学内），祭拜澹台灭明。

事后，刘贺感叹道：“世人以为的蛮荒之地，没想到其实早有贤人光临过，如此看来，这里的儒学应该也不错！”

经过此事，刘贺开始关心起当地的儒学教育和儒学传播起来，不时出资为当地的学堂聘请优秀的儒学老师。

由于当时汉宣帝封刘贺为海昏侯的时候，有过诏令，不让他参与朝廷政事。如此一来，刘贺闲暇的时间自然就多了许多。闲暇之余，刘贺又迷上了青铜铸造和设计。

汉代时期，江西的青铜冶铸业较为发达。江西制作的铜器种类繁多，无论是传统的铜质生活用器、生产工具和兵器制作，还是当时流行的铜币铜镜，其制作工艺都极为精良。这引起了刘贺的兴趣。他本来就喜欢收藏各种稀奇宝贝，当昌邑王时，便收藏过不少商周青铜器，并千里迢迢地带到了豫章。他从豫章召集了一批优秀的青铜器制作工匠，将他们养在海昏城里，由他亲自设计，精心制作了许多精美的青铜用具，如灯具、酒器、餐具、乐器，还为他的爱马，特制了一套鎏金马具。

一天，刘贺在彭蠡泽湖边见到成群的大雁从北方飞来，心里无比思念自己从小长大的昌邑国。正当刘贺遐思悠悠的时候，只听见浅滩中一声响亮，他定睛一看，原来是一只大雁衔起来一条鲤鱼。鲤鱼用力挣扎，大雁却死死地衔住不放。刘贺回到侯府，忽有所感，他感到这个在雁嘴里挣扎的鲤鱼极像自己现在的处境。刘贺立即把这个生动的景象设计成青铜灯具模样，让工匠精心制作了一对雁鱼灯具。这对雁鱼灯构思精巧，大雁张开的嘴对着点燃的火苗，燃起的烟雾顺着大雁脖子的管道直通雁腹，而雁腹做成了空心状储满了水,吸进的烟雾经过水的过滤再排放出来后，成了淡淡的雾，已经闻不到烟味，没有了什么污染。这对巧夺天工的雁鱼灯具成了刘贺的心爱之物，他把雁鱼灯摆在堂内，每天看着雁鱼灯烟进雾出，赏心悦目，十分喜欢。客人们见到后，也是啧啧称奇，艳羡不已。

在远离权力中心的海昏侯国里，刘贺安心经营着他的小小侯国。他吟诗作赋，把玩珍宝，不仅过得逍遥自在，还把侯国治理得井井有条，百姓富足。

然而，惬意之余，午夜梦回，刘贺常常被对故国的思念所惊醒。点上雁鱼灯，刘贺时常想起远在山东的故国昌邑。刘贺把自己海昏侯封邑的一个地方改名叫南昌邑，以示对故国的思念。据说，后来南昌城名便是得自这个南昌邑。

这晚，稻花飘香，夜深人静，刘贺想起自己二十七天皇帝的任性作为，情不自禁潸然泪下，痛悔不已。他悔恨自己年轻时的轻率张狂，悔恨自己没有习到儒家经典中教导的治国之道。如果那时候自己多听取龚遂、王吉这些谋臣的劝诫，像当朝皇帝一样学会隐忍，自己又何至于落到今天的境地，虽然贵为列侯，但却连祭祀宗庙的资格都没有。再过一段时间又要祭祀太庙了，届时，皇帝斋宿，亲率群臣，承祠宗庙，各地王侯带着酎金供奉祖先。

刘贺心想，自己到海昏一晃三年过去了，在这里安分守己，勤俭作为，把海昏国治理得国泰民安，朝廷好像对自己也没有什么异议。作为大汉刘氏的子孙，应该要为高祖皇帝，为爷爷孝武皇帝，尽一份自己的心意。想到此，刘贺突然心动起来，陛下总有一天会同意自己去祭拜宗庙的吧？

他等不及天亮，连夜找来府内的黄金冶炼师，让他们赶紧冶炼最高纯度的黄金，并亲自监工。不久，铸就了一批分量极足纯度极高的金饼、金块。他又亲自刻上“南海海昏侯臣贺 酎金”，赶在朝廷举办祭祀太庙大礼之前，先写了封奏折呈给汉宣帝，表明自己想为宗庙供奉黄金之心：

南海海昏侯臣贺昧死上奏：

臣听闻，南方有一种鸟，一到春天便去北方，而天气一变冷，就南归在彭蠡泽定居。它们这样如此，不知道有多少年，直至世间恰有明君，方才因为眷恋明主的恩慈，不肯来南方过冬。

臣贺又听闻，南方有一种鱼，生长在江中的上游，出生以后便离开出生地，顺流而下，直至大海。待到在海里长大后，它们又会溯流而上，不惜行万里，也要返回出生处，在那儿繁衍生子，生生不息。

臣贺知道，当今皇上圣明，扫荡西戎，驱逐北狄；任用贤士，教化万民。百姓们纷纷说，他比少康、姬涌都要圣明。以至于如今彭蠡泽这儿，已有许多年没有见到那种鸟儿，而人们也和那种鸟儿一样，希望去往北方，去沐浴明君的恩泽。

臣贺身体渐渐越来越差，恐怕时日无多。只希望有两件事情，能得到皇上的恩准。一个是臣下想像那些北去的鸟儿一样，去拜见皇上；二是想像江中那些鱼儿一样，回到自己出生的地方，追忆先辈皇帝的威武。臣心怀诚惶诚恐之情，望当今圣明的皇上恩准臣下这小小的愿望。臣将感激涕零。

然而，让刘贺没有想到的是，汉宣帝并没有真的对偏安一隅的海昏侯刘贺完全放下戒心，他其实一直暗中派官员监督他，注意他的一举一动。汉宣帝收到刘贺的奏折时心中微微有些恼怒，却不露声色。他暗忖，刘贺在昌邑旧地时就想着要恢复皇族的政治权力，自己没有同意而是把他迁徙到遥远的海昏，并且命令不得入朝。没想到刘贺竟然还没死心。刘贺写这份奏章，表面上是要进献酎金行宗庙之礼，文字后面没有说出来的意思不是要自己恢复的他的政治权力吗。刘贺啊刘贺，你怎么就这样不让人省点心呢。不行，我得派人再去试你一试，看看你到底有何居心。

不久，扬州柯刺史正好向汉宣帝奏报扬州的民情。汉宣帝遂给柯刺史下了秘旨，让他去一趟海昏国，面见一下他在豫章郡内安排监视刘贺的密探，豫章故太守的卒史孙万世，了解一下海昏侯刘贺的真实动向。

在刘贺到海昏侯国的第三年，即公元前 61 年，扬州柯刺史来到了豫章郡，向孙万世传达了汉宣帝的秘旨。

孙万世不禁对柯刺史大吐苦水，“大人有所不知，不是下官办事不力。下官曾多次去见海昏侯，还与他交上了朋友，也曾多次派人监视海昏侯的生活起居，然而，海昏侯每天大部分时间都在读书和奏乐上，下官在他身上并没有发现什么不轨的行为啊。”

老谋深算的柯刺史摇着头说：“孙大人，您还是没有领会到陛下的真正意思。既然陛下让我们找海昏侯不轨的证据，我们就得遵循陛下的旨意，找不到也得找到。”

孙万世恍然大悟道：“哦！大人的意思下官明白了！还是大人高明啊！”

说完，两人相视大笑起来。

第二天，孙万世带着柯刺史刚从朝廷领赐的冬虫夏草赶往海昏侯府，拜会刘贺。这时候的刘贺特别重视养生，他远离京城多年，如何能见到这等贵重物品，不禁欣喜万分。孙万世趁机提出想好好参观海昏侯国的都城。刘贺当然答应了，并亲自陪同孙万世参观。一路上，孙万世故意对热闹富足的海昏城赞叹不已，刘贺不禁也得意起来。北方那股侠义之气又涌了出来，他把孙万世当成了好朋友。

晚上，刘贺特地为孙万世举办了火锅盛宴，还把他亲自酿的美酒拿出来招待。孙万世长期生活在南方，没有见过青铜火锅，他惊讶不已，对刘贺又是鞠躬又是敬酒又是奉承。等到刘贺酒酣之时，孙万世装着很不解的样子问刘贺："侯爷，海昏国被您治理得如此繁荣富足，可见您是有治国之才的。为什么当初被废时，不反抗呢？您完全可以坚守着不出宫，下令斩了大将军霍光。却为何听凭别人夺去天子玺印与绶带呢？"

酒兴正高的刘贺随口说道："唉，往事不堪回首。错过了机会。"

孙万世借机又恭维道："侯爷不必难过，您在豫章封侯，把侯国治理得如此之好，将来必定能东山再起，迟早会恢复你的王位。将来可能还有更大的发展。"

听到此，刘贺一惊，酒也醒了一半，低声说道："虽然如此，这话可不要对外说呀！"

孙万世表面上哈哈笑着说："侯爷放心，这是自然的！"其实内心得意不已，暗想道，终于露出狐狸尾巴了，还是柯刺史的计划高明。

孙万世回去就向柯刺史报告，柯刺史立即把孙万世与刘贺的对话写上奏折，向宣帝奏报。宣帝密令尚书令立即彻查此事，果然属实。很多大臣建议逮捕海昏侯，将他打入大牢，否则会后患无穷。宣帝思考再三，最后下诏削去海昏侯三千户食邑，以示惩戒。

还在家里等待宣帝允许自己进京城向列祖列宗进献酎金的刘贺，突然接到宣帝削掉自己三千食邑的诏令，整个人彻底蒙了。他怎么也想不通宣帝为何要惩戒自己。还是同情他的当地县令偷偷告诉他，是孙万世出卖了他。刘贺不禁痛心疾首："我如此诚心待他，他竟然置我于死地。人心怎能如此险恶！" 说罢，他大叫一声，一口鲜血喷了出来。他推开众人，奔向马厩，跨上他心爱的枣红马，向外冲去。骏马嘶鸣，一声长啸，它似乎明白主人的冤屈，驮着刘贺向着豫章江奔去。此时的豫章江，江水凶猛咆哮，像两军交战，咆哮翻腾，天昏地暗……

"啊！" 刘贺跑到豫章江与彭蠡泽交汇处的河口，一声撕心裂胆的狂吼盖住了滔滔的江水……

遭此变故，刘贺一蹶不振。每每抑郁到不行的时候，他就到豫章江的水口，对着浩浩荡荡的江水大声狂吼，宣泄着自己满腹的委屈和愤慨。江水像是在回应着他，一泻千里，像一条披着金鳞的巨龙也在激烈地翻滚着，呼啸着，震耳欲聋。

偶有过往的村民，望着刘贺寂寥落寞的背影，对刘贺同情不已。后来，这段豫章江宽阔的河口因此便被称作“慨口”。

第二年，即神爵三年（公元前59年），刘贺郁郁而终，年仅三十四岁。

汉宣帝接到刘贺去世的消息，暗暗松了一口气。他想着要不干脆取消海昏侯封国算了，可是第一代海昏侯刘贺并没有犯大错，没有削国的理由啊。宣帝只得根据规制，准备封刘贺的儿子刘充国为海昏侯。可是请求册封刘充国为海昏侯的奏书还没有送到京城，刘充国却突然离奇死亡了。汉宣帝又接着准备册封刘贺另一个儿子刘奉亲为海昏侯，这次请求册封的奏书倒是送到了汉宣帝那里，可是汉宣帝还来不及准奏，刘奉亲却又暴毙而亡。于是，豫章廖太守奏报宣帝，圣上对待海昏侯一脉已是宽容有度，无奈海昏侯之后无福消受，实在是海昏国不吉利，天亡其后。汉宣帝因此下诏不再封海昏侯，刘贺的后族从此成为庶民。

直到汉元帝登基，大赦天下，才再度封刘贺的另一个儿子刘代宗为海昏釐侯。之后，海昏侯又传了四代，前后延续了一百多年。之后，海昏国就突然在历史的烟雾中消失得无影无踪，至今尚未找到其后代的记载。

海昏侯墓出土的文物中，竟然有两百万枚没有年号的铜钱。据有关专家测算，这批铜钱相当于西汉中期全国一年铸币的百分之一。如此巨量的铜钱，从何而来？是刘贺从北方带过来的？抑或是他在豫章专门而铸的？可武帝曾严令禁止私铸钱币。由此联想到汉文帝时期的吴王刘濞，当年在豫章偷铸钱币，之后谋反叛乱。这两百万枚没有年号的铜钱是否也有其他企图呢？而据笔者猜测，这些铜钱很有可能是作为冥币而铸用。西汉时期，一般用陶五铢做冥币，刘贺却用铜五铢做冥币，而且钱币数量如此之多，可见当时海昏侯国财力之盛。

海昏侯墓为什么能保存得如此完好，也着实让人惊叹。据《赣文化通志》记载，三国时期，彭蠡泽（即鄱阳湖）湖水南侵，使鄡阳、海昏两县分别于公元 420 年、425 年沉入湖底，而邻近地势较高的吴城镇却繁华起来，故民间有“沉海昏，起吴城”之说。另据《晋书》载，东晋 318 年一月，“地震，水涌出，山崩”。《南昌府志》同治十二年刊本载：东晋 318 年三月，庐陵、豫章西阳地震山崩，其中就包括了海昏。海昏古城的沉没是否因地震所致，因年代久远，加之没有翔实的史料记载，尚无法考证。不过是不是正是由于这种历史变迁，海昏侯墓才得以保存下来了呢？

第一代海昏侯刘贺之死，也给后世留下了待解之谜。

从墓中极为丰富的葬品来看，可以想见墓主刘贺生前过着何等优渥富足的生活。然而他死时才三十四岁，正当人生的壮年。虽然史料中尚未找到任何记录刘贺非自然死亡的证据，但他确实死得蹊跷。刘贺究竟是怎么死的？是如史书记载的郁郁而终，还是被赐死或是自杀身亡？抑或是因为染上了湖区常见的血吸虫病不治而亡？而刘贺死后，他的两个准备接任海昏侯的儿子却先后离奇地突然死亡，也给后人们留下了无尽的猜想。

今天，海昏侯刘贺的大墓已开启，出土的诸多文物为我们研究海昏侯国以及刘贺传奇的人生，提供了全新的依据。随着研究的深入，相信围绕着海昏侯刘贺的许多待解之谜，一定会有合理破解的那一刻。

谜底到底会是什么，让我们一起期待！

如果刘贺可以再活一次，从头开始，他会怎么做呢？他的跌宕人生和他所经历的历史烟云，对我们今天有哪些启示呢？请看尾篇：历史的回声。

尾　篇

历史的回声

写完刘贺的传奇故事，仿佛撩开了历史的面纱。

武帝刘彻、昭帝刘弗陵、废帝刘贺、宣帝刘询，陈阿娇、卫子夫、李夫人、钩弋夫人，大将军霍光、上官皇太后……众多的历史人物纷纷拂去身上尘封的泥土，栩栩如生地浮现在眼前。

自汉武帝刘彻驾崩之后，相继走上帝位的三个皇帝都很年轻。武帝的小儿子昭帝刘弗陵即位时八岁，为帝十三年的，病殁时二十一岁。废帝刘贺被拥立为帝时十九岁，在皇帝龙位上只坐了二十七天，作为海昏侯去世时三十四岁。宣帝刘询接替刘贺当皇帝时十七岁，在位历时二十五年，去世时四十二岁。昭帝、废帝、宣帝这三个皇帝在位的时间，加起来都没有他们神勇无双的先辈武帝刘彻在帝位上干的时间长。这几个皇帝走上至高无上的权力宝座时，都很年轻，但结局却大不一样，令人唏嘘。

本书写到的汉武盛世时几个著名的高颜值女子，如武帝的原配陈阿娇皇后、武帝最敬重的卫子夫皇后、武帝最宠爱的李夫人以及武帝晚年喜欢的钩弋夫人等，都是颜值冠绝一时的女子。这几个著名的女子，或恃宠而骄，或贤淑谦和，或睿智聪慧，或红颜薄命，她们最后的结局大相径庭，令人扼腕。

含冤而死的戾太子刘据，在“巫蛊之祸”中被逼无奈，怒而起兵，不幸应了一句话“冲动是魔鬼”，最终招来杀身之祸。比戾太子年轻得多的宣帝刘询，结发妻子、皇后许平君被霍光的老婆霍显设计毒死时，刘询二十岁，即帝位已三年。明知皇后死得蹊跷，身处帝位的刘询却隐忍不发，反而顺从霍光的意，改立霍光与霍显的女儿霍成君为皇后，且对其表现得宠爱有加。一直到霍光去世两年后，刘询才秋后算账，趁着霍显联络族人谋反的机遇，将霍光后人夷全族，废掉霍成君的后位。刘询用这种常人难以想象的隐忍方式，最终给了亡妻一个交代，还了自己一个公道，算是出了长期郁结在胸中的那口气。

还有对汉武帝负有托孤重任的大司马大将军霍光，连续辅佐了昭帝刘弗陵、废帝刘贺、宣帝刘询等三代皇帝，加上武帝这一代，可谓是四朝元老。自昭帝开始，霍光实际掌控着国家的最高权力。霍光辅政三代，武帝后期穷兵黩武所耗空的国力在他辅政期间得到了恢复，开创了历史上有名的“昭宣中兴”局面，霍光的功劳不可谓不大。但霍光在刘贺的立与废事件中，在为昭帝、宣帝选配皇后等问题上，都显示出他对皇权既忠诚又任性的一面。尤其是霍光得知自己的妻子毒死宣帝结发妻子、皇后许平君之后，竟然敢瞒案不报，压案不查，真可谓居功自傲，任性至极，最终为自己死后族人被夷灭的命运埋下了深深的祸根。

假如历史可以重来，不妨来几个假设：

假设戾太子刘据面对巫蛊之祸的冤屈时，能够不那么任性地起兵；假设汉武帝与倾国倾城的李夫人没有那段“人鬼情未了”的恋情；假设刘贺在登上帝位后能像他的后任刘询一样韬光养晦；假设霍光在长期辅政中能急流勇退，见好就收；还有许多的假设……

无论哪个假设能够成立，西汉的历史都将重写，那也就没有今天这座引起全世界关注的汉墓。

掩卷沉思，如果刘贺能够再活一次的话，他对那段风云际会的历史会有怎样的思考呢？

思考一：有权不可任性

在封建社会，“普天之下，莫非王土；率土之滨，莫非王臣”。皇帝毫无疑问是国家的最高统治者。在这个几乎没有任何有效监督的最高权位上，不断地演绎着顺我者昌、逆我者亡的悲喜剧。

有权容易任性，特别是没有监督的权力就更容易任性。无论是当做了二十七天皇帝就被废的刘贺，还是雄踞皇帝宝座五十四年才驾鹤西去的武帝刘彻，他们的共性都是作为最高权力的拥有者，有权就任性。

先来看看在帝位时间最短、只当了二十七天皇帝的刘贺。

刘贺的前任汉昭帝刘弗陵执政十三年后驾崩，因为没有留下后人，接班者只能从他的侄子辈里面选。于是，幸运之神降临到第二代昌邑王、昭帝的侄子辈刘贺身上。十九岁的刘贺被权倾天下的大将军霍光征召入朝，主持先皇刘弗陵的丧礼。在主持完丧礼后不久，刘贺被霍光拥立为帝。

刘贺从被霍光拥立为帝，再到被霍光废掉，他在帝位上一共只呆了二十七天。据说，刘贺一当上皇帝，几乎是迫不及待地开始亲理朝政，任用了大批从昌邑国带过来的部下，而把于国于己都有功的霍光等老臣晾在了一旁。史料上说，刘贺派出的使者往来不断，使者们拿着新皇帝刘贺的旄节下命令给各官署征调并索取物资，一共有 1127 次之多，这也就是史上所说的，刘贺在帝位二十七天却做了 1127 件坏事，算一算，平均每天竟有四十多件，显然有些夸张。

在刘贺当皇帝期间，掌管朝廷顾问应对事务的光禄大夫夏侯胜等大臣多次进谏，不仅规劝刘贺的过失，甚至提醒他处于有人谋反的危险境地，刘贺不但不听，竟派人责问夏侯胜，把他们捆起来关进监狱。大臣杨敞等也多次进谏，刘贺也是不改，反而一天比一天猖狂。霍光于是担心刘贺的做派要危及国家，实则是危及他的权势，使朝廷动荡，使天下百姓不安，便与群臣商议，禀告上官皇太后，以刘贺在位期间荒淫无道、丧失帝王礼仪、搅乱朝廷制度为由，废掉了刘贺的帝位，将他遣回昌邑旧地。这一段历史，实际上是当时掌握着兵权的霍光，联合老臣，利用上官皇太后发动的一场宫廷政变，趁着刘贺还没站稳脚跟，闪电般地解除了刘贺的权力，刘贺带进朝的两百多随员几乎被诛杀殆尽，只剩下三个曾劝诫过刘贺的臣子。

史料中有关刘贺荒淫无道、不学无术的记载，对照墓中出土的文物细细琢磨起来，似乎有点失真。因为刘贺在当皇帝的二十七天中所下的一千多道诏书，其具体内容史料中并没有详细记载，孝昭皇太后废刘贺的诏书中，也只是空泛地说他荒淫无道，不遵从朝廷礼仪等，并没有几个大恶之罪。而从墓中出土的众多文物来看，随葬品中有大量的竹简、木牍记载的珍贵典籍，还有孔夫子、颜回等儒家先贤的画像等。从汉代"事死如事生"的丧葬礼制分析，这些随葬品足以说明，在武帝"罢黜百家、独尊儒术"的那个时代，从小生活在孔孟之乡——山东的刘贺生前应该是个尊孔重儒、有文化修为之人，并非不学无术之辈。否则，墓中不可能出现上述这些宝贵的文化印记。

刘贺在被征召入朝去主持丧仪的路上，急匆匆地赶路，行进路上还让人去买那种鸣叫声很悠长的鸡。刘贺奔丧途中买鸡这个情节，一般被后人作为刘贺居丧期间竟然都不忘玩乐、对先皇大不敬来说事。殊不知，这也很有可能是刘贺要用这种长鸣鸡来提醒自己入朝后要每天早起理事，不要懒政。

史料上说刘贺在帝位二十七天做了 1127 件坏事，这不能排除是当时的权臣霍光为了能名正言顺地废掉刘贺，对刘贺泼的历史脏水。而刘贺所下的一千多道诏书，倒证明了刘贺登上帝位后并没有花天酒地荒废朝政，反而立即亲政，每天亲自处理大量朝廷事务。从平均每天四十多道诏书这个事来推测，刘贺在帝位上对待朝政应该是事必躬亲。平均每天要做四十多件事，完成这样的工作量，必须夙兴夜寐、起早贪黑才行，怪不得他在奔丧路上竟然要买长鸣鸡。刘贺在皇帝位子上干得这么辛苦，还被后人定位为光干坏事，想想这种评价，也是醉了。

刘贺在帝位二十七天里能干 1127 件事，姑且不管是不是荒唐事，都可以看成是任性的结果。假如刘贺不那么急于亲政，亲政后不那么任性而为，不搞任人唯亲那一套，延用昭帝时的开明政策，先把政局稳住，用心处理好与把他扶上位的权臣霍光的关系，用好有能力有经验的老臣，那么他在皇帝的位子上就不可能只干二十七天就被赶下台，以至于连年号都没有，成为西汉历史上即位时间最短的皇帝。

再来看看在帝位时间最长，当了五十四年皇帝之久的汉武帝刘彻。

汉武帝刘彻执政时间之长，在中国历史上大概也只有清代的康熙、乾隆可以与他相提并论。武帝十六岁登基，为巩固皇权，他采纳主父偃的建议，颁行“推恩令”，削减诸侯王势力，并将盐铁和铸币权收归中央。文化上采用了董仲舒的建议，“罢黜百家，独尊儒术”，结束先秦以来“师异道，人异论，百家殊方”的局面。汉武帝时期攘夷拓土、国威远扬，东并朝鲜、南吞百越、西征大宛、北破匈奴，奠定了汉地范围，另外开辟丝路、建立年号、颁布太初历、兴太学等，都是影响深远的功业。

综观汉武帝刘彻的一生，他也是年轻时上位，登基时仅十六岁。待权力巩固后，武帝开始一言九鼎，听不得任何不同的意见。司马迁就因为替弹尽粮绝而投降匈奴的李陵将军说了几句公道话，武帝就把司马迁处以“宫刑”；没有生育的原配皇后陈阿娇，因为嫉妒武帝宠幸的卫子夫生下了太子，施巫蛊之术，被武帝打入长门冷宫，再不见面；在立小儿子刘弗陵为太子后，武帝立子而杀母，把刘弗陵的母亲、自己喜欢的钩弋夫人杀掉，丝毫没有恩爱之情。如此等等，不一而足。从这些事件来看，武帝的所作所为也无不是有权就任性的典范。

尤其是在“巫蛊之祸”中，武帝偏听偏信，逼死接班人戾太子刘据，导致力挺太子的卫子夫皇后自杀身亡，在晚年酿成了不可挽回的错误。据说汉武帝自经历“巫蛊之祸”之后，痛苦不已，很长一段时间都没有再立太子，整个晚年几乎都在痛悔中度过。

假如武帝不那么有权就任性，他能胸怀宽广，他能慎重对待手中的权力而不是任性暴虐，那么他悉心培养的接班人，性格温和、仁慈宽容的太子刘据就有可能顺利接班，汉代的历史也将重写。

思考二：年轻不可任性

与有权就容易任性一样，年轻也容易任性。

刘贺之所以只做了二十七天皇帝就被废，与他年轻任性、缺乏政治斗争经验有莫大的关系。刘贺小小年纪就接了昌邑王位，在锦衣玉食中长大，根本不知道民生稼穑之艰难。作为昌邑王，他身边常年有一帮臣僚对他护着哄着。在昌邑国的一亩三分地上，只要刘贺想干的，就没有他不敢干、干不了的。

刘贺被拥立为帝时只有二十岁，正是愣头青的年龄。他以为大汉朝和他的昌邑国是一样的，自己当了皇帝就可以像在昌邑国一样可以任性而为。他看不清当时的局势，没有一点格局观念，不懂深谋远虑，不知道厚积薄发，却是一朝权在手，且把令来行，遇事自作主张，任意妄为，最后惹恼了权臣霍光。霍光借他的外孙女上官皇太后的诏令，将刘贺赶回昌邑老家。这都是刘贺年轻任性的结果。

但是，也不是所有的年轻皇帝都像刘贺一样任性。比如刘贺之后的另一个皇帝刘询。

作为戾太子的孙子，刘询虽然在“巫蛊之祸”中侥幸逃脱，但在襁褓中就被投入大牢。和刘贺在锦衣玉食中长大不同，刘询的幼儿时期是在大牢里和刀尖上度过的。大牢里的生活，使刘询亲身体验了社会最底层的疾苦。到他四岁时，虽然因为晚年的武帝刘彻有愧于刘据，下诏将刘询养于掖庭，并将他正式录入皇家宗谱；然而，掖庭是宫女杂役生活的地方，可以说是一个底层社会，刘询生活在这里必定会体验到许多人情冷暖。更何况刘询少年时经常在民间游走，对于民间百姓的生活状况有相当的了解，这锻炼了他超强的心理素质和承受力，对百姓疾苦和吏治得失有所了解。刘贺被废以后，霍光等大臣将刘询从他的尚冠里住处迎入宫中，先封为阳武侯，随后即皇帝位，即位时只有十八岁，比武帝刘彻登基时大两岁，比废帝刘贺登基时小两岁。后人一般认为，宣帝刘询从小经历过很多苦楚，虽属皇脉，却相当于庶民出身，算得上是位布衣皇帝。

十八岁被扶上帝位的刘询，深刻地吸取了前任刘贺的教训，接位后表现出了不一般的成熟。被拥立为帝后，刘询没有像刘贺那样马上亲政，甚至在霍光表示要将朝政交给他时，刘询也果断地公开拒绝，请霍光继续主持朝政，明确表示出对霍光的无比信任。刘询一直等到霍光去世后才亲政，而这时他已经在皇帝位子上坐了六年。作为拥有至高无上权力的皇帝，年轻的刘询隐忍的功夫实在是好生了得。

在处理与霍光等老臣的关系上，刘询的表现也与刘贺迥然不同。下面这段史料所叙述的故事非常有意思：

刘询即位将近两年的时候，下了一道全面颂扬他的曾祖父汉武帝的诏书，要求丞相、御史与列侯、年俸二千石的官员、博士讨论武帝的“尊号”和“庙乐”[①]。群臣莫不赞成，唯独皇太后的师傅夏侯胜发表了反对意见，说“武帝虽有攘四夷广土斥境之功，然不宜为立庙乐”。丞相蔡义和御史大夫田广明带头声讨夏侯胜“非议诏书、毁先帝”的罪行，定性为“大逆不道”；又揭发丞相府的黄霸事先知道夏侯胜的观点而没有举报，犯有包庇怂恿之罪。于是夏侯胜和黄霸两人都被捕入狱，判处死刑。不过汉宣帝并没有按惯例将两人按“大逆不道”罪处死并“夷三族”，而是长期关押，后来再次得到任用。此后大臣们很快拟订方案，尊武帝的庙号为世宗庙，在庙中演奏《盛德》《文始》《五行》舞曲，武帝生前巡行过的四十九个郡国（约占全国郡国的一半）都建立世宗庙，像高祖刘邦的庙和太宗文帝刘恒的庙一样。宣帝立即批准，下令在全国实行。据说，为庆祝这一重大决定，宣帝刘询特地给全国成年男

① 庙乐：宗庙音乐，多用于祭祀、颂德。

子普遍增加一级爵位，并赏赐酒肉。

仔细琢磨宣帝刘询为武帝立庙一事，这确实是宣帝初即位时的一招好棋。刘询即位时曾祖父刘彻已去世多年，由于昭帝刘弗陵没有为武帝立庙，因此宣帝以为武帝立庙的方式来宣示自己才是武帝的嫡系遗脉，因为他的祖父戾太子刘据是武帝的嫡长子。刘询用这个举动来与以庶子身份继位的昭帝区别开来，显示自己才是继承武帝事业和遗志的正统，自己的继位是天经地义并且完全合法，具有不容置疑的正当性。刘询的这个举措也是标榜孝道，以示为武帝尽孝。因为是打着武帝的旗号，霍光也就无法表示反对。当出现夏侯胜反对的局面后，宣帝顺势将其下狱，来一个下马威，进一步树立了自己的个人权威，让大臣们都不敢小瞧自己这个没有外戚撑腰，全无根基的布衣皇帝。如此既表达了对武帝的孝心，又标榜了自己是正统嫡孙的身份，初步确立了在朝廷上的威信，真是一举多得。由此可见年轻的宣帝刘询具有不一般的聪明远见。

而早在民间时，刘询就已经对霍光的权势和威风有所风闻。他在一夜之间由一个平民变成至高无上的皇帝之后，明显感觉到了朝廷内部来自霍光一脉咄咄逼人的政治压力。所以在他登基之日谒见“高庙”时，霍光陪同他乘车前往，刘询觉得如“芒刺在背”。有着丰富生活阅历的汉宣帝心里明白，自己初即位，势单力薄，仅凭着一个皇帝的称号是不能和权倾朝野的霍光相抗衡的，只有保持最大的克制，逐渐发展自己的势力，寻求有利时机，才能夺回属于自己的最高统治权。所以在即位伊始，当霍光表示要还政于他时，汉宣帝刘询回绝了，并当众宣布，事无大小，先报请霍光，然后再奏知他本人。事后他还专门下诏褒奖霍光的援立之功，益封七千户。每次上朝，汉宣帝都给予霍光以极高的礼遇。汉宣帝的这一系列行为对于消除霍光对他的猜忌和提防，缓和朝廷内部潜伏的政治危机，为他的统治创造一个良好政治气氛起到了明显的积极作用，最直接的结果就是免于像前任刘贺一样的下场，避免了成为“昌邑王第二”。

刘询在位二十五年，后世评价他是中国历史上有名的贤君之一。刘询在位期间，全国政治清明、社会和谐、经济繁荣、“吏称其职，民安其业”，史称“孝宣之治”。在以制定庙号、谥号严格而著称的西汉一朝，刘询是四位拥有正式庙号的皇帝之一。魏晋南北朝之前，去世的皇帝能否追尊庙号有非常严格的规定，按照“祖有功而宗有德”的标准，开国君主一般是祖、继嗣君主有治国才能者为宗。西汉十四帝，历经两百一十一年，仅有四位皇帝拥有庙号，即太祖高皇帝刘邦、太宗孝文帝刘恒、世宗孝武帝刘彻、中宗孝宣帝刘询。由此可见，宣帝刘询也是西汉一朝很有作为的皇帝之一。

刘询之所以能够有所作为，与他在最高权力位子上不那么任性有直接的关系。同样是年轻的皇帝，正因为刘询没有像前任刘贺那样年轻任性，才最终成就了他作为西汉最有作为皇帝之一的丰功伟业。对比刘贺与刘询，一个年轻的皇帝在拥有最高权力时，能够做到不任性是多么重要，又是多么不容易！

思考三：有颜值不可任性

中国古代皇帝的身边都是美女如云，而受到皇帝宠幸的美女，毫无例外都是因为颜值爆表。无论是“金屋藏娇”里的陈阿娇，还是“千古一后”卫子夫，抑或是“倾国倾城”的李夫人，都是因为高颜值而受到过武帝的宠幸。

先来说说武帝的原配皇后陈阿娇，这是一个有颜值就任性的女子。

陈阿娇年少时，即被少年时期的刘彻所喜欢，“金屋藏娇”典故里所说的那个“娇”指的就是陈阿娇。据说武帝刘彻少年时曾被问及要娶个什么样的女子，刘彻指着漂亮的阿娇说“如果能够娶到阿娇做老婆，我要专门建一座用黄金做的房子给她住”，这就是著名的“金屋藏娇”故事。可见陈阿娇在少女时代的颜值，刘彻是高度认可的。

因为在立武帝为储君当上皇帝这件大事上，陈阿娇的家族出了大力气，因此陈阿娇在宫内骄横尊贵不可一世。这位阿娇皇后生性骄横善妒，独霸武帝多年却始终没能生个孩子。随着韶华渐逝，武帝对她的宠爱在慢慢衰退。后来武帝喜欢上了另一个高颜值的歌女卫子夫，身为皇后的陈阿娇非常生气，数次寻死觅活、胡搅蛮缠，使得武帝对任性的阿娇皇后愈加不满。卫子夫为中年汉武帝生下儿子刘据后，汉武帝欣喜异常，将其立为太子。陈阿娇明知道太子是武帝的心头肉，却因妒火中烧而丧失理智，竟施以巫蛊之术诅咒太子。武帝盛怒之下将陈阿娇打入长门冷宫。阿娇被废黜后，懊悔不已。她听说大文豪司马相如所作的《子虚赋》与《上林赋》为汉武帝所赞赏，就花了千金托人请司马相如写了一篇《长门赋》，以表达自己哀怨懊悔的心情，希望能借此唤回武帝的心。

司马相如不愧是才高八斗的大才子，他很快就写出了《长门赋》。其辞曰：

夫何一佳人兮，步逍遥以自虞。魂逾佚而不反兮，形枯槁而独居。言我朝往而暮来兮，饮食乐而忘人。心慊移而不省故兮，交得意而相亲。

伊予志之慢愚兮，怀贞悫之懽心。愿赐问而自进兮，得尚君之玉音。奉虚言而望诚兮，期城南之离宫。修薄具而自设兮，君曾不肯乎幸临。廓独潜而专精兮，天漂漂而疾风。登兰台而遥望兮，神怳怳而外淫。浮云郁而四塞兮，天窈窈而昼阴。雷殷殷而响起兮，声象君之车音。飘风回而起闺兮，举帷幄之襜襜。桂树交而相纷兮，芳酷烈之訚闾。孔雀集而相存兮，玄猨啸而长吟。翡翠胁翼而来萃兮，鸾凤翔而北南。心凭噫而不舒兮，邪气壮而攻中。

下兰台而周览兮，步从容于深宫。正殿块以造天兮，郁并起而穹崇。间徙倚于东厢兮，观夫靡靡而无穷。挤玉户以撼金铺兮，声噌吰而似钟音。刻木兰以为榱兮，饰文杏以为梁。罗丰茸之游树兮，离楼梧而相撑。施瑰木之欂栌兮，委参差以槺梁。时彷佛以物类兮，象积石之将将。五色炫以相曜兮，烂耀耀而成光。致错石之瓴甓兮，象瑇瑁之文章。张罗绮之幔帷兮，垂楚组之连纲。

抚柱楣以从容兮，览曲台之央央。白鹤噭以哀号兮，孤雌跱于枯杨。日黄昏而望绝兮，怅独托于空堂。悬明月以自照兮，徂清夜于洞房。援雅琴以变调兮，奏愁思之不可长。案流徵以却转兮，声幼妙而复扬。贯历览其中操兮，意慷慨而自印。左右悲而垂泪兮，涕流离而从横。舒息悒而增欷兮,蹝履起而彷徨。揄长袂以自翳兮,数昔日之諐殃。无面目之可显兮，遂颓思而就床。抟芬若以为枕兮，席荃兰而茝香。

忽寝寐而梦想兮，魄若君之在旁。惕寤觉而无见兮，魂迋迋若有亡。众鸡鸣而愁予兮，起视月之精光。观众星之行列兮，毕昴出于东方。望中庭之蔼蔼兮，若季秋之降霜。夜曼曼其若岁兮，怀郁郁其不可再更。澹偃蹇而待曙兮，荒亭亭而复明。妾人窃自悲兮，究年岁而不敢忘。

用现在的话来说就是：

何方来的美丽女子，玉步轻轻。芳魂飘散不再聚，憔悴独自一身。曾许我常来看望，却为新欢而忘故人。从此绝迹不再见，跟别的女子相爱相亲。

我做这些多么愚蠢，只为博取郎君的欢心。愿赐给我机会容我哭诉，愿郎君颁下回音。明知是虚言，仍然愿意相信，期待着相会长门。每天都把床铺整理好，郎君却不肯幸临。走廊寂寞而冷静，风声凛凛而晨寒相侵。登上兰台遥望郎君啊，精神恍惚如梦如魂。浮云从四方涌至，长空骤变、天气骤阴。轰隆隆沉重的雷声，像郎君的车群。风飒飒而起，吹动床帐帷巾。树林摇摇相接，传来芳香阵阵。孔雀纷纷来朝，猿猴长啸而哀吟。翡翠翅膀相连而降，凤凰由北，南飞入林。

悠悠感伤不能平静，沉重积压在心。独自走下兰台，茫然凄清，只能在深宫徘徊，直至黄昏。雄伟的宫殿像上天的鬼斧神工，高耸着与天堂为邻。依东厢倍加惆怅，伤心这繁华红尘。玉雕的门户和黄金装饰的宫殿，回声好像清脆的钟响。

木兰木雕刻的椽，文杏木装潢的梁。豪华的浮雕，密丛丛而堂皇。拱木华丽，参差不齐奋向上天。模糊中栩栩如生地聚在一起，仿佛都在吐露芬芳。色彩缤纷耀眼欲炫，灿烂发出奇光。宝石刻就的砖瓦，柔润的像玳瑁背上的纹章。床上的帷幔打开着，玉带却始终钩向两旁。

深情地抚摸着玉柱，曲台紧傍着未央宫。白鹤哀哀长鸣，孤单地困居在枯杨。又是绝望的长夜，千种忧伤都付于空堂。只有天上的明月照着我，清清的夜，紧逼洞房。抱瑶琴想弹出别的曲调，这哀思难遣地久天长。琴声转换曲调，从凄恻渐渐飞扬。包含着爱与忠贞，慷慨而高昂。宫女闻声垂泪，泣声织成一片凄凉。含悲痛而唏嘘，起身却又陷入彷徨。举衣袖遮住满脸的泪珠，万分懊悔昔日的张狂。没有面目再见人，颓然上床。荃、兰、茝做成的枕头席子，散发着香草的味道。

忽然在梦境中醒来，感觉又躺在郎君的身旁。蓦然惊醒，一切皆是虚幻，魂惶惶若所亡。鸡已啼却仍是午夜，挣扎起独对月光。看那星辰密密横亘穹苍，毕卯星已移在东方。庭院中月光如水，像深秋降下的寒霜。夜深深如年，郁郁心怀，多少感伤。再不能入睡等待黎明，乍明复暗，是如此之长。唯有自悲感伤，年年岁岁，永不相忘。

司马相如在赋中以景写情，情景交融，抒发陈阿娇被遗弃后苦闷、后悔和抑郁的心情，艺术表现上反复重叠，表达女性感情极其细腻。《长门赋》开骈体宫怨题材之先河，是受到历代文人称赞的佳作，在中国古代文学史上占有重要的地位。曾热播的电视连续剧《大汉天子》中的主题曲，就是以《长门赋》的意蕴创作的，也很有水平。其词曰：

自从分别后，每日双泪流；泪水流不尽，流出许多愁；

愁在春日里，好景不常有；愁在秋日里，落花逐水流；当年金屋在，已成空悠悠；只见新人笑，不见旧人愁；朝闻机杼声，暮见西山后；惟怨方寸地，哪得竞自由；青丝已成灰，泪作汪洋流；愿得千杯饮，一枕黄粱游；可怜桃花面，日日见消瘦；玉肤不禁衣，冰肌寒风透；粉腮贴黄旧，蛾眉苦常皱；芳心哭欲碎，肝肠断如朽。

犹记月下盟，不见红舞袖；未闻楚歌声，何忍长泪流；心常含君王，龙体安康否；夜宴莫常开，豪饮当热酒；婀娜有时尽，甘泉锁新秀；素颜亦尽欢，君王带笑看；三千怯风流，明朝怨白首；回眸百媚休，独上长门楼；轮回应有时，恨叫无情咒；妾身汉武帝，君为女儿羞；彼时再藏娇，长门不复留；六宫粉黛弃，三生望情楼。

据说，武帝虽然很喜欢司马相如写的《长门赋》，却没有如阿娇所愿回心转意，阿娇最后郁郁而死。纵观阿娇一生，“金屋一阵子，冷宫半辈子”，都是因为不懂温柔体贴，不够宽容大度，吃了有颜值就任性的亏。

陈阿娇之后武帝的第二个皇后是卫子夫，这是一个有颜值却不那么任性的女子。

卫子夫出身卑微，原来只是武帝姐姐平阳公主家里的一个歌女，后来因为颜值高机缘巧合被武帝宠幸，继而召进宫中，封为夫人。卫子夫为武帝生下了他的第一个儿子刘据，使一直未得子的武帝兴奋异常，对其宠爱有加。

刘据出生后，武帝马上命人作《皇太子赋》，等于提前昭告天下这个刚出生的婴儿就是太子，并将卫子夫由夫人立为皇后，同时大赦天下。

卫子夫在后宫复杂的环境中当了三十八年的皇后。她没有像她的前任皇后陈阿娇那样寻求独霸后宫，而是以恭顺、谦和的态度赢得了汉武帝的恩宠和信任，赢得了大臣和后宫人等的尊敬。后来，随着自己年华逝去逐渐年老色衰，在武帝移情别恋宠幸他人后，卫子夫没有像阿娇那样死缠烂打，而是一如既往地恭谦和顺，尽心尽责为武帝管好后宫，汉武帝因而对卫子夫更加敬重。武帝每次出行，都把宫中事务托付给卫子夫，回来后卫子夫会挑重要的向武帝报告，武帝没有不满意的，有时甚至都不过问。

卫子夫做皇后三十八年，是中国历史上在位时间第二长的皇后，也是中国古代著名的皇后之一。从她治理后宫的德行和从不任性的表现来看，说她是“千古一后”也不为奇。在“巫蛊之祸”中，卫子夫因为护子心切，支援太子起兵。太子兵败后，卫子夫被迫用自杀来自证清白。卫子夫自杀后，以武帝的狂暴性情竟然没有剥夺她的皇后封号，而且之后也一直没有再立皇后，并很长时间生活在对她的愧疚之中，可见武帝内心对她的敬重和认可。

卫子夫死后十八年，她的曾孙刘询登上帝位。宣帝刘询以皇后礼重新厚葬她，追谥号曰“思”，建园置周卫，史称“孝武思皇后”或“卫思皇后”，算是得到了平反昭雪。

比起陈阿娇和卫子夫来说，武帝一生中最宠爱的是那位“倾国倾城”的李夫人。这位李夫人在颜值上是最高的，在专宠时间上是最短的，却是最聪明的，可以用两个“绝”来形容：绝代佳人，绝顶聪明。有个武帝与李夫人“人鬼情未了”的故事，很让人感动。

“双绝”李夫人入宫后就得到了武帝的专宠，给武帝生下了一个儿子刘髆。李夫人生下孩子后不久，因产后气血亏虚不幸染病在身，卧床不起。武帝难过不已，经常亲自去看她。但李夫人每次只要一见武帝到来，就急忙用被子遮盖住自己的面庞，以病弱体虚不适合见皇帝为由，始终不见皇帝，哪怕武帝或以利益诱惑或恼羞成怒。很多人都不能够理解她这一行为，怎么可以拒绝见皇帝呢？这都是多少人想要的恩宠啊。殊不知，聪慧的李夫人自有自己的主见。她深知，作为皇帝身边的嫔妃其实都是以色事人，色衰则爱弛，爱弛则恩绝。她要将自己最美好的一面留给皇帝，这样自己离去后，皇帝才会割舍不下她，思念她。如此，自己对皇帝的托付，对皇帝的请求，皇帝才会放在心上。

事情的结局果然不出李夫人所料。李夫人拒见武帝，反而激起了他无限的怀念。武帝在李夫人死后命画师将她生前的形象画下来挂在自己经常度假的甘泉宫中。他封李夫人的儿子刘髆为昌邑王。封李夫人的哥哥李延年为协律都尉，负责乐府的管理工作。封李夫人的另一位兄弟李广利为贰师将军，后又封为海西侯。昌邑王刘髆去世后，武帝又让刘髆的儿子刘贺接任昌邑王位。

可见，李夫人是个既有颜值又绝顶聪明的女子。她精准地把握了帝王的心思，在生病后坚持不让武帝见面，把自己最美好的形象留在了武帝的心底。据说，武帝因为思念李夫人，召来方士少翁，让他在宫中设坛招魂，以让自己与李夫人相会。

武帝死后，李夫人的陵墓得以陪葬在旁，成就了一段汉版“人鬼情未了”的佳话。甚至刘贺的海昏侯墓中还出土了李夫人使用过的盛放化妆品的青铜器物，即现在的化妆盒。可见，李夫人凭借自己的绝世聪明，不但让武帝一直思念她，还让自己的后代永远怀念她，可谓是名垂青史。

常言道，韶华易逝，容颜易老，世上没有永远保鲜的颜值，从上面三个高颜值女子的比较中，是不是应有所感悟呢?

思考四：有功劳不可任性

无论是武帝，还是其后的昭帝、废帝、宣帝，都与一个极其重要的历史人物有极大的关联，这个人就是辅佐了武帝及后面三个年轻皇帝的大司马大将军霍光。霍光因被武帝托孤摄政而常被人与商代的摄政名臣伊尹并提，并称为“伊霍”。霍光因为主导了对刘贺的立废事件，后世往往以行“伊霍之事”来代指权臣摄政废立皇帝。

霍光跟随武帝近三十年，是武帝时期的重要谋臣。侍奉武帝左右，前后出入宫禁二十多年，未曾犯一次错误。因此得到武帝的信任。武帝死后，霍光受命作为汉昭帝刘弗陵的辅政大臣，并在随后的岁月中辅佐了昭帝、废帝和宣帝三代皇帝，实际执掌汉室最高权力近二十年，为汉室的安定和中兴建立了卓著的功勋，成为西汉历史中的重要政治人物。霍光作为西汉的四朝重臣，可谓劳苦功高。

权力和功勋都是个怪东西，总让人为之去折腰，去追求，去捍卫，作为帝王如此，作为权臣有时更甚。霍光实际掌握汉室最高权力后，在对汉室江山忠心耿耿的同时，也自恃劳苦功高，不免陷入了有权任性、有功劳更任性的魔咒中。

汉昭帝刘弗陵年幼时，霍光“初辅幼主，政由己出”，这无可厚非，也是汉武帝的遗命和嘱托。但随着时间的推移，汉昭帝成人后，霍光仍不归政，这就说不过去了。念及霍光还算忠于汉室，更忌惮其在朝中的根基和势力，汉昭帝自知斗不过霍光，只能继续坐在龙椅上充当近似玩偶的傀儡皇帝，这让心气和天赋极高的汉昭帝感到很憋屈。

除了皇权旁落，最让汉昭帝刘弗陵受不了的是，他的私生活受到了霍光的极大限制，甚至连宫闱之事也被霍光横加干涉。汉昭帝十二岁时大婚，很被动地立霍光的外孙女、年仅六岁的上官氏为皇后。昭帝和这位六岁的皇后压根就没有什么感情，但因为这是霍光给他安排的政治婚姻，因此不得不接受。但霍光为了让外孙女获得专宠，竟不许后宫其他妃嫔进御。这样一来，汉昭帝连男欢女爱之事也不得随心所欲，每天只能和那位毫无感情甚至有些厌恶的上官皇后相对，汉昭帝的心境和处境可想而知。

从昭帝在位的十三年，到废帝刘贺短暂的二十七天，再到汉宣帝刘询即位的初期几年，朝政差不多全部掌握在霍光手里。当时，除了霍光权倾朝野之外，他的儿子霍禹、侄孙霍云是统率宫卫郎官的中郎将①；霍云的弟弟霍山官任奉车都尉侍中，统率禁卫部队；两个女婿分别担任东宫和西宫的卫尉，掌管整个皇宫的警卫；堂兄弟、亲戚也都担任了朝廷的重要职位，形成了一张盘根错节、遍布西汉朝廷的庞大的势力网。霍光已经成为当时实际上的最高统治者，他的权势和声望在废除了昌邑王刘贺的帝位、拥立汉宣帝刘询之后，达到了无以复加、登峰造极的地步。

霍光的任性，给他死后的家族命运埋下了巨大的祸根。

霍光死后，汉宣帝按照皇帝的礼仪厚葬了霍光。但他深知，霍光虽然死了，但霍家的势力还很大，霍家的亲属和亲信还控制着中央政府的各个机要部门，兵权也掌握在他们手中。霍光死后不久，汉宣帝开始采取行动，逐步

① 中郎将：中国古代官员名称。秦置，至西汉分五官、左、右三中郎署，品秩比二千石，低于诸将军。

削夺霍家把持的权力。他先解除了霍光两个女婿东宫、西宫卫尉的职务，剥夺了他们掌管的禁卫军权。又把霍光的两个侄女婿调离了中郎将和骑都尉的位置，让自己的亲信担任南北军和羽林郎的统帅,最终把兵权掌握在自己手中。之后，他提拔霍光的儿子霍禹为大司马，明升暗降，剥夺了他掌握右将军屯兵的实权。刘询还对上书制度进行了改革，下令吏民上书，直接呈皇帝审阅，不必经过尚书，把霍山、霍云领尚书事的职务架空起来。通过这一系列举措，霍家掌握的权力基本剥夺殆尽，权力逐渐集中在汉宣帝的手中。

面对汉宣帝全面夺权的行动，霍家内部惶恐不安，决定铤而走险，举兵叛乱，推翻汉宣帝，保住他们既得的利益。但叛乱在严阵以待的汉宣帝面前很快瓦解。汉宣帝大规模地镇压了霍系一脉的叛乱，将参加叛乱的人都处以极刑，并废除了霍光给他选配的霍皇后（霍光次女），曾经不可一世的霍家势力一朝覆灭，汉宣帝最终确立了他的绝对统治。

假如霍光在功勋巍巍时能够不那么任性，能够做到不居功自傲，能够在显赫位置上考虑国家利益多一点，考虑一己私利少一些，尤其是在大是大非的问题面前，不瞒案不报，不压案不查，不徇私枉法，那么在他死后，霍家一族就可能不遭受灭门之变。有功劳就任性的代价，在如日中天时没有什么感觉，但该来的总是要来，高昂的代价不会因为曾经的劳苦功高而迁延不至。霍光就是例证。

思考五：有靠山不可任性

以霍光为靠山的有两个比较任性的人，一个是霍光的外孙女、昭帝的皇后上官氏，另一个是霍光的老婆霍显。这两个人因为有霍光这个硬靠山，在重大问题上任性而为，最终害人害己。

先来说说上官皇后。

前文已说过，昭帝的上官皇后是大将军霍光的外孙女。上官六岁时按照霍光的安排被昭帝刘弗陵纳入宫中，立为皇后。昭帝二十一岁时暴毙而亡没有留下后代，十九岁的昌邑王刘贺被霍光拥立为帝，尊上官氏为皇太后。刘贺被废，戾太子刘据的孙子汉宣帝刘询即位，又尊上官氏为太皇太后。就这样，上官氏在一年之中，辈分连升了三级，从皇后到皇太后，再到太皇太后。这种升级也意味着上官氏年纪轻轻就守了寡。

上官氏当皇后时才六岁，啥都不懂。十二岁的皇帝刘弗陵显然很不喜欢霍光给自己安排的这位小娃娃皇后。但这位小皇后年龄虽小脾气却不小，仗着后台是霍光，就按照霍光的吩咐，把昭帝刘弗陵管得死死的，不让皇帝碰其他的女人。霍光急于想让外孙女上官氏生个皇储，便指示大臣和御医上书昭帝，建议除了皇后外，皇帝应当少近女色才能保证龙体安康。上官皇后便按照霍光的旨意给后宫下了一道命令，说为了龙体圣安，后宫的嫔妃不得侍宿皇上。这样除了上官皇后外，后宫佳丽便没人能够侍宿昭帝。但是，虽然上官皇后专房擅宠，却因为昭帝内心深处对她很不满，龙凤不合，上官最终没能为昭帝生下一男半女。昭帝驾崩时，上官氏年仅十五岁，先是被尊为皇太后，紧接着又被尊为太皇太后，成了中国历史上最年轻的太皇太后。

霍光死后，汉宣帝和太皇太后上官氏亲临祭奠，用了极高的礼节，但是霍光的家族后来却在汉宣帝的打击下遭到了灭族的厄运。上官太皇太后自十五岁移居到长乐宫，一直到五十二岁寿终正寝，相当于从十五岁开始守寡，一共守了三十七年。在漫长的三十七个春夏秋冬岁月中，上官氏从花样年华，用了三十七年的时间慢慢走向死亡，那种无奈而凄凉的心境，恐怕是他人无法体会的。

上官氏尽管贵为太皇太后，但在昭帝猝死的那一天起，她就已经是孤家寡人。假如她不是因为有霍光这个后台而任性的话，假如她能够学到武帝的卫子夫皇后一星半点的德行和本事，昭帝就可能不至于在二十一岁时暴毙而亡，她孤寂落寞的日子就不会这么早到来。她因任性而致孤寂的一生，真是可怜可叹！

再来看看另一个有靠山就任性的人，这个人是霍光的老婆霍显。

纵观霍光一生，他辅助的几个小皇帝，除了刘贺不太听话之外，其他两个皇帝都对他尊崇有加。尤其是宣帝刘询对他是言听计从，百依百顺。但也有一件事例外，这就是宣帝立皇后之事。当时朝廷的一众大臣十分敬畏霍光，竞相拍霍光的马屁，都对宣帝说霍光之女霍成君是最佳的皇后人选，甚至于集体上书，等于逼宣帝就范。这时候，宣帝却下了一道莫名其妙的诏书。诏书说："我在贫微之时曾经有一把旧剑，如今我十分地想念它啊，众位爱卿能否为我将其找回来。"群臣揣摩宣帝的意思，明白宣帝是不愿辜负自己的结发妻子。于是平常和霍光政见不一致的大臣开始一个个请立宣帝的原配夫人许平君为皇后，许平君与刘询生下的儿子刘奭，被立为太子。至此，宣帝如愿以偿。"故剑情深"的浪漫典故从此开始流传，这是中国历史上一道最浪漫的诏书，一道王子对贫女的许诺。

霍光的妻子霍显为了让女儿霍成君早日当上皇后，日思夜想要除掉许平君皇后。不久以后，霍显找到了一个机会。许平君再度怀孕生下一个女儿后，需要滋补，霍显于是命令御用女医淳于衍在滋补汤药中加入附子[①]，让许平君在坐月子时服用。许平君服用后不久毒发身亡。汉宣帝尽管心中疑惑不解却隐忍不发。悲痛之余，宣帝追封许平君为

① 附子：即乌头，可入药，有毒。药用时，炮制不当或剂量过大以及煎煮时间不够，均可引起中毒反应。

“恭哀皇后”，把许平君蹊跷死亡这件事暂时放了下来。

许平君死后不久，霍成君如愿以偿当上皇后。她仗着父亲霍光的权势飞扬跋扈，挥金如土，与许平君皇后提倡的节俭、贤德完全违背，刘询也装作对她百依百顺。刘询当皇帝六年后，霍光去世，宣帝刘询为他举行了声势浩大的葬礼。

霍光死后，霍显不知收敛，仗着霍光的余威，继续倚着遍布朝中要害岗位的亲戚作靠山，不断插手宫中事务。为了巩固女儿的皇后地位，霍显竟然指使女儿霍成君想办法毒害太子刘奭。事情败露后，霍显又铤而走险，聚合霍家力量发动政变未遂，招致灭族之祸。汉宣帝以阴谋毒害太子为由，废掉霍成君，令其迁往上林苑的昭台宫。十二年后，霍成君自杀。

宣帝刘询的废后诏书原文是这样的：

皇后荧惑失道，怀不德，挟毒与母博陆宣城侯显谋，欲危太子，无人母之恩，不宜奉宗庙衣服，不可以承天命。呜呼伤哉，其退避宫，上玺绶有司。

至此，刘询终于为发妻许平君报仇雪恨。

在刘询落难民间时，许平君对刘询不离不弃。当上皇后之后，许平君悉心打理后宫。而刘询能够力排众议立许平君为皇后，还能为其报仇，对于许平君来说，她已是十分幸运了。而有靠山就任性的霍显，连累整个家族致最后被灭族的下场，是霍光生前最不愿看到的。

思考六：有冤屈不可任性

本书所描述的那个历史年代，有两个大冤案：一个是武帝的儿子、太子刘据死于巫蛊之祸；一个是宣帝的原配、皇后许平君死于霍显之手。

这两个冤案，有冤之人都地位显赫，但因受制于人又都有所忌惮。戾太子刘据和汉宣帝刘询，一个因为冤屈任性起兵，结果兵败而亡；一个在冤屈面前不动声色，隐忍待机，最后报仇雪耻。就像前面所述的各种任性一样，有冤任性有时就是魔鬼。

先来看看戾太子刘据所遭受的“巫蛊之祸”冤案。

刘据获立为皇太子时，才六七岁。太子刘据性格宽厚，经常劝谏武帝减少跟外族的战事。太子成年后，武帝为他修建“博望苑”，让太子在那里跟宾客往来，锻炼能力，可见武帝对太子的厚爱和期待。

然而宽厚的太子与霸道的武帝在许多问题上不尽一致，比如武帝“用法严，多任深刻吏；太子宽厚，多所平反”；武帝坚持以武力征伐四夷，太子则主张用怀柔之策缓和彼此关系，等等。武帝后来与太子逐渐疏远，连卫子夫皇后也难得见到他。但是武帝倒是一直很信任太子。

太子宽厚得到民心支持，但是也引起一些主张严刑峻法的官员不满。武帝和太子父子二人的政见差异，导致众多小人乘虚而入，竞相诬陷太子。一次，太子进宫谒见皇后，很久才从宫中出来。宦官苏文抓住机会向汉武帝报告说："太子调戏宫女。"汉武帝没有责怪太子，反而将太子宫中的宫女增加二百人。皇后卫子夫得知此事后，恨得咬牙切齿，让太子禀明皇上杀死苏文等人。太子却说，"只要我不做错事，又何必怕苏文等人！皇上圣明，不会相信邪恶谗言，用不着忧虑。"还有一次，汉武帝感到身体有点不舒服，派宦官常融去召太子，常融回来后对汉武帝言道："太子面带喜色。"汉武帝黯然。及至太子觐见，汉武帝观其神色，见他脸上有泪痕，却佯装有说有笑，汉武帝感到很奇怪，再暗中查问，才得知事情真相，于是将常融处死。武帝每次出外巡游，经常将留下的事交付给太子处理。可见武帝对太子的信任。

武帝晚年，酷吏江充受到武帝重用。江充与太子不和，恐怕将来太子继位后会找他麻烦，便想到利用当时闹出几宗大案的"巫蛊之术"去制造阴谋。江充说宫中有蛊气，武帝就派他去追查。江充来到太子宫掘蛊，掘出事先安排人埋下去的桐木做的人偶。太子在情急之下派人假冒使者收捕江充等人，向百官宣布江充谋反，把江充杀了。而江充的另一助手苏文却逃到武帝处，向武帝控诉太子谋反。

武帝开始并不相信，派使者召太子，但使者不敢到太子那里去，就回报武帝说“太子反已成，欲斩臣，臣逃归”。武帝于是大怒，下令丞相刘屈氂率兵平乱。太子纠集了数万人，与丞相军激战五日，死者数万人。最终，太子势孤力弱而兵败，逃离长安，后在湖县自杀。卫皇后为证清白也自杀，太子宾客多人亦被捕杀。太子生有三子一女，全部因巫蛊之乱而遇害，只留下一位襁褓之中的孙子刘询，被投入大牢。

后来武帝知道了太子刘据是被人构陷，无辜受死，懊悔不已。戾太子一案极大地刺激了晚年的汉武帝，促使他颁布轮台罪己诏，对自己过去几十年间的作为进行自我反思，并禁苛暴，止擅赋，力本农。为后世的昭宣中兴创造了有利条件。

太子刘据在巫蛊之祸中，确实背负了冤屈，但他在冤屈面前不冷静的任性而为，断了自己的退路，也连累了自己的母后卫子夫走上了不归之路，教训不可谓不惨痛。

与刘据在太子位上的冤屈相反，宣帝刘询在皇帝位子上也有一场天大的冤屈。

前文说过霍光的妻子霍显一心想让女儿霍成君做皇后却又想不出办法。许平君临盆生下一个女儿，产后虚弱，需要调理，经御医拟定了一副药方。霍显命令女医淳于衍将附子末悄悄掺入药里。许平君喝下药，顿时头昏眼花，额上冷汗淋漓，她挣扎着问淳于衍："这服丸药，莫非有毒不成？"淳于衍说："丸药是众医公拟的方子，怎么会有毒，再过一刻，自然大愈。"许平君听了半信半疑，不久瞳孔散大，迁延片刻而死。

许平君死后，宣帝十分悲痛。有人奏言皇后的暴崩，想必与用药有关，应拿诸医拷问。宣帝当即命有司拿问诸医。淳于衍刚进家门，就有捕吏来将她逮入狱中。淳于衍抵死不肯供认，其他的医官，因为并不知情，都同声喊冤。霍显听说淳于衍被拘讯于大狱，惊惶失措，这时杀人灭口已来不及，即使杀了淳于衍，反而更让人怀疑，只好将实情告知霍光。霍光十分吃惊，他考虑的是如何瞒过这件事。于是霍光入朝见宣帝，说皇后的崩逝是命数注定，若加罪于诸医，未免有伤仁德，况且御医们也没有胆子敢谋害皇后。

宣帝当时二十一岁，见霍光开了口，况且有前废帝刘贺的前车之鉴，不敢再坚持，于是传诏赦免了诸位医官，淳于衍也就此逃过一劫。只是宣帝对许平君之死一直耿耿于怀。霍显事后密召淳于衍，酬谢她无数的金帛，而且替她建造了华丽的房屋，购置许多田宅婢仆，让淳于衍享受荣华富贵，借此堵住她的口。

霍光死后不久，霍显毒死许平君之事开始败露。汉宣帝认为时机已到，开始老账新账一起算。他重用御史大夫魏相，让魏相以给事中的身份参与朝中的机密决策，后来又提拔魏相做了丞相。继而任命丙吉为御史大夫，又委以他的岳父平恩侯许广汉以重任，逐渐把权力收归己手。不久，趁霍光家族谋反之际，将霍光一族全部除尽。

有仇不报非君子，有冤不伸非丈夫。但有冤不能成为可以任性的理由。戾太子和汉宣帝不同的申冤过程和结局说明，在冤屈面前能不能控制自己的情绪，能不能做到不任性而为，最终将决定申冤的成败。

思考七：把握历史的机遇

这是一座逃过了历史劫难的大墓。

回顾刘贺墓的考古发现过程，不妨再来几个假设：

假设不是南昌这个地方在刘贺所处的那个年代，地处比较偏远，而后随着一百多年的历史进程，历代海昏侯逐渐衰败，海昏国逐渐淡出人们的视线，那么刘贺墓就可能没有这么幸运地完整保存下来。

假设没有公元318年东晋时期发生在鄱阳湖一带的大地震，使原来的海昏县等豫章古县淹没到鄱阳湖中，海昏侯墓墓室因地震而坍塌被地下水淹没，因此有了天然的屏障，而当时人们还不具备水下盗墓的条件，那么刘贺墓也可能难以完整地保存下来。

假设不是刘贺墓本身建造得无比坚实，历史上虽有盗贼光顾却没能打开主墓室，那么，刘贺墓也可能早已遭受劫难。即使这一次刘贺墓被盗墓贼从顶部正中间垂直打穿主椁室，但是由于刘贺墓是按照居室化布局，主棺放置在东北面的寝堂位置，没有像其他王侯墓穴那样放置在正中央，正巧逃过了几乎是在劫难逃的劫难。

假设不是当地的村民数百年来在刘贺墓上层层叠叠埋了许多先人，把刘贺墓彻底置于坟山的遮护之下，使盗墓贼难以准确判断古墓的位置；假设不是五年前南昌的一个民警在一次例行巡逻检查中的警觉，公安机关及时破获已经光顾墓地的盗墓团伙，很难想象还有今天这个保存完好的刘贺墓的考古发现。

假设不是国家文物局和江西省委、省政府对这座大墓考古发掘工作的高度重视，调集全国最顶尖的考古专家参与考古发掘，建立专门的实验室对珍贵文物进行实验室考古，使大墓考古工作有了“一流的考古水平、一流的文物保护水平、一流的展示水平”，大墓的考古发掘就不可能有如此高的水准；假设不是各类媒体对大墓持续不断、连篇累牍地深入报道，大墓和刘贺也就不会像今天这样吸引全世界的目光。

刘贺墓的考古发现是历史给予江西的一个宝贵机会。

前文说了，有权不可任性、年轻不可任性、有颜值不可任性、有功劳不可任性、有靠山不可任性、有冤屈不可任性，但在历史赐予的机会面前，江西可要珍惜机遇，把握这个千载难逢的良机。

据考古专家评价，南昌汉代海昏侯国遗址是我国迄今为止发现的文物保存最好、墓主及主墓内结构最完整、墓园区及城池区布局最清晰、出土文物品类数量最丰富的大遗址，对于研究我国汉代政治、经济、文化具有十分重要的学术、历史和艺术价值。

2015 年 12 月，江西省和南昌市开始编制《紫金城城址与铁河古墓群保护规划》《南昌汉代海昏侯遗址公园保护规划》和《南昌汉代海昏侯国遗址博物馆建设规划》。提出要切实把这份人类文明历史宝贵财富保护好、展示好、利用好。将南昌汉代海昏侯国遗址保护利用作为重大重点文化旅游项目，列入“十三五”工作规划。

2016 年 1 月，在由中国社科院主办的中国考古界重要年度评选“中国六大考古新发现”中，南昌西汉海昏侯墓入选 2015 年度“中国六大考古新发现”，堪称中国考古成就的“奥斯卡奖”。此外，在第四届中国工艺美术收藏年会上，南昌西汉海昏侯墓出土的万余件珍贵文物入选“2015 年中国工艺美术十大事件”。

我们完全有理由期待，在不远的将来，随着南昌海昏侯国考古遗址公园和南昌汉代海昏侯国遗址博物馆的建设与完成，随着“创全国旅游 5A 景区、国家考古遗址公园、世界文化遗产”目标的实施和完成，南昌乃至江西又将拥有一张厚重的历史文化名片，这张名片对江西发展的价值不可估量。

这或许是刘贺这位两千多年前葬于此地的海昏侯，曾经的昌邑王、汉废帝，对两千多年来护佑这座大墓的这方人的最好回报。

后　记

这本书的“出世”，缘于一次邂逅。

2015 年 12 月 26 日早上，我偶遇张秋林，谈起了我最近痴迷的一个话题——海昏侯墓的发现及海昏侯其人。

因为工作关系，我多次到海昏侯墓考古发掘现场，遥观墓内历千年而未腐的木料，听专家对大墓结构和出土文物的讲解，内心的震撼无以言表，遂思绪万千，浮想联翩。我学的是中文，但一直对历史很有兴趣，尤其是秦汉这段历史。秦皇汉武、“图穷匕现”、“金屋藏娇”、“倾国倾城”、“勇冠三军”等等，这些被人津津乐道的历史典故常令我魂牵梦绕、热血沸腾。海昏侯墓的发现，一下子把我带入了那个风烟滚滚的时代。汉武帝、李夫人、刘贺、霍光……过去的历史场景仿佛在我脑海中回放。那段时间我逢人就说海昏侯，开口就是刘贺。有趣的是，我每一次讲述，都能勾起对方的兴趣，有的人居然听得如痴如醉。而我的每一次讲述也似乎在不断创造，添油加醋，故事好像也越讲越好，越讲越顺，越讲越有趣，我也俨然成了史学家。

那天秋林一听我讲起刘贺的故事,也立刻被吸引住了。他突然一把抓住我的手,说,你把这些故事写下来,写一本刘贺的前世今生吧!亢奋之中,我随口应道,好哇。说完我也没当回事。分手后就把这事给丢到脑后了。

两天后,我从北京出差回南昌,在飞机上又遇到张秋林,两人的位子还在一起,真是巧了!话题自然是海昏侯,云中大谈两小时,谈得天昏地暗,把我们四周的乘客也吸引了过来,大家七嘴八舌。有问刘贺是谁呀,有的问,南昌有皇帝的墓吗?更多的人说,南昌这下要火。有位乘客听得入迷,硬是要跟秋林换座位,还说这本书出来后要给他一本,他请我们吃饭。而秋林的表现也太让我吃惊。过去我以为对秋林是很了解的,可这次我才算是领教了这个出版狂的做派。常言道,士别三日刮目相看,我两日不见张秋林,他竟然也变成了刘贺专家,与我对谈如流,并从一个出版人的专业角度,建议我如何去创作这部作品。他谈得激情四射,热情高涨,我反倒是冷静下来。我过去谈得多的其实是武帝的故事,有关刘贺的故事多在推测阶段,这方面的史料实在有限,而且基本有定论,很难发挥,说说是可以的,真要写成书,谈何容易。于是,我很坦诚地说,这件事我能行吗?怎么不行,秋林两眼放光,我们社的一句话你不是也常提到嘛,没有什么不可能,创意让一切皆有可能!这个秋林,真让我无语。

更让我无语的是,他把这件事向担任“南昌汉代海昏侯国遗址保护研究利用工作领导小组”组长的中共江西省委常委、省委秘书长朱虹同志汇报了。在闻知我想创作（其实当时我还没有想好，是秋林说我想）这样一部有关海昏侯刘贺的作品后，朱虹同志给予了热情的鼓励，提出了许多指导性的意见。如，这部作品应当是一部历史纪实性文艺作品，既要有史实依据，又要有合理想象，文笔活泼优雅，专家叫好，读者叫座；并说如果稿子写出来，可以给他看一看，甚至可以考虑作序。这样一来，我不写也不行了。

为了给我鼓劲，秋林说会为我配备一个精干有力的编辑团队。这个团队曾经配合作家胡平完成《瓷上中国》（获中宣部“五个一”工程奖）的组稿编辑任务，2015年刚刚配合作者完成了《一百个孩子的中国梦》的创作出版，经验丰富，号称“梦之队”，会给我的写作提供大力支持。就这样，我被秋林“赶上了架”。

元旦过后，我们的工作正式开始。我们利用双休日讨论故事提纲，社长张秋林、常务副社长刘凯军及“梦之队”成员和我数次商议，反复推敲之后，最终确定舍弃了汉武帝的许多故事，围绕刘贺跌宕起伏的人生脉络来写，把最有吸引力的故事写出来，把读者最关心的谜团解开。就这样，基本确定了写作的方向和思路脉络。

我利用晚上和休息时间写作，编辑团队则给予我“空中支持”。我们在网上不间断交流碰撞。无论何时，我有想法，需要什么资料，他们立即收集提供；我每写出一章来，即发给他们看，他们提出具体意见及时反馈给我。有时候是对稿子本身，有时候是对我的写作进度给予推动。我很快进入一种近乎疯狂的写作状态，常常写作到半夜一两点。有天晚上写得兴起，竟然一口气写了一万七千字，因为坐得太久，站都站不起来，人晃晃悠悠的，像喝醉了一般。

我试图将历史故事，与当今海昏侯墓的考古发现联系起来。比如大墓中出土了十几吨重的铜钱，这些五铢钱都没有年号。墓中为什么会有这么多的五铢钱？这些钱是干什么用的？我看了一些此前的猜测分析，有的说是刘贺当皇帝期间准备的，因为没有来得及公布使用自己的皇帝年号，这些钱币因此没有印制年号而不能流通，最后只能随葬。也有的说是刘贺被废之后，心中不服，因此悄悄私铸了大量钱币，准备造反用的。

这些猜测分析都比较牵强，钱币铸造使用的模子应该是一次性的，不会因为加上年号而两次铸造，因此第一种猜测明显站不住脚。第二种猜测的可能性也不大，被废之后的刘贺处于被监视的状态，私铸这么多钱币这么大的事，不可能逃出朝廷的耳目。我对刘贺墓中出土了这么多没有年号的五铢钱，一开始也是百思不得其解，直到有一天查阅汉代随葬品资料时，看到了汉墓有随葬陶制冥币的有关介绍，冥币的形状类似于五铢钱，只不过是陶制的，而不是金属制品。联想到汉代的南昌，青铜冶炼技术已经比较发达，有没有可能是刘贺在就任海昏侯后，利用当时南昌当地的这种便利条件，为自己铸造了一批铜质五铢钱，以作为自己百年后的随葬品。原来这些没有年号的五铢钱竟极有可能是“冥币”，按照汉代“事死如事生”的葬制，不差钱的刘贺给自己预先准备了金属制的冥币，真是个“土豪金”，怪不得出土这么多没有年号的铜钱。一想到此，我忽然有种“脑洞大开”的快感。将这一分析发现告诉编辑团队后，大家均觉得有理。因此，又在书中增加了一些相关内容描写，增强了阅读的趣味性。

此类灵光闪现的情景，在写作中多次出现，由此我也领略到了无限的创作快感！

春节前，一个月的工夫，近十万字的初稿终于完成。

我们把初稿送给朱虹同志。朱虹同志逐字逐句审读，肯定了这本书写作思路比较清晰，框架构想设计很好，写作视野宽阔，围绕刘贺的人物命运，全景式展现了西汉汉武帝到汉宣帝时期近百年重要政治人物的关系，同时提出了很多针对性、指导性很强的修改意见。他希望本书能够起到讲好海昏侯故事，传承历史文化的作用，让海昏侯刘贺墓这一世界性的历史发现，不仅能够得到完善的保护，更能够得到妥当的开发和利用。这些指导和建议，使得本书思考的脉络更清晰，方向更明确，细节更真实，定位更准确。

初稿也同时送给北京的有关专家看，得到了充分的肯定。

根据完稿后全书的故事脉络，朱虹同志还亲自为本书起了书名《千古悲摧帝王侯——海昏侯刘贺的前世今生》，给了海昏侯刘贺一个准确的定位：千古悲摧帝王侯，这真是全书的点“睛”之笔呀。在此，要真心感谢朱虹同志的帮助和鼓励！

春节期间，我结合朱虹同志和有关专家的意见，对全书又进行了修改和完善。如今，此书即将下厂付梓。

感谢秋林、凯军、“梦之队”，没有他们的鞭策和帮助，我是不可能在这么短的时间内完成一部近十万字的兼具历史性和文学性的纪实文学作品的。

这是本人从事文学创作的处女作，期待能给广大读者带去阅读的快感，为广大海昏侯迷进一步了解刘贺提供帮助。同时希望本书的出版，能抛砖引玉，吸引史学界、文学界等各路专家、作家创作出版更多关于海昏侯刘贺的图书，为提升这张“上天赐予江西”的历史文化名片的影响力发挥作用。如果说还有更大的“野心”的话，那就是我想以此书为基础，打造一部有关帝王侯刘贺的影视剧或动漫作品，为我生长的这块热土，贡献自己的力量。

黎隆武

2016年2月16日于南昌

图书在版编目(CIP)数据

千古悲摧帝王侯：海昏侯刘贺的前世今生 / 黎隆武著 . -- 南昌：二十一世纪出版社集团，2016.5

ISBN 978-7-5568-1536-4

Ⅰ. ①千… Ⅱ. ①黎… Ⅲ. ①纪实文学—中国—当代

Ⅳ. ① I25

中国版本图书馆 CIP 数据核字 (2016) 第 027900 号

千古悲摧帝王侯——海昏侯刘贺的前世今生 / 黎隆武 著

总 策 划　朱　虹

编辑统筹　张秋林　刘凯军

责任编辑　李一意　谈炜萍　张　周　朱毅帆

特约编辑　王雨婷

装帧设计　陈思达

摄　　影　江西省文物考古研究所　保　罗　李一意　陈　辉　郭　晶

出版发行　二十一世纪出版社集团有限公司（江西省南昌市子安路 75 号　330009）

www.21cccc.com　cc21@163.net

出 版 人　张秋林

经　　销　全国各地书店

印　　刷　南昌红星印刷有限公司

版　　次　2016 年 5 月第 2 版　2016 年 5 月第 1 次印刷

印　　数　100,001-150,000 册

开　　本　889×1194　1/32

印　　张　9

书　　号　ISBN 978-7-5568-1536-4

定　　价　25.00 元

赣版权登字 04-2016-73　